DAS HOSPITAL

von

Gerhard Herrmann

Die Bewohner der Ruè de Varenna lagen noch in ihren Betten, als die Kirchenturmuhr gerade 2 Uhr morgens schlug. Es herrschte eine angenehme und dennoch unheimliche Stille, nur das Motorgeräusch eines herannahenden Wagens war zu hören. Scheinwerfer eines schwarzen Chevrolets, die sich näherten, waren in der Ferne zu erkennen. Einige Meter vor der Zentralbank stoppte der Wagen und die Lichter verloschen. Vier dunkle Gestalten verließen eiligst das Fahrzeug und liefen zur Bank. Ängstliche drückte sich der Kleinere von den Vieren an die dunkle Hauswand und drehte sich hundertmal um. Eine Taschenlampe blitzte auf und die vier Gestalten flüchteten, als gerade ein Gendarm an ihnen vorbei ging, noch rechtzeitig in einen Hausflur. Als dieser außer Sichtweite war, machte sich einer der Männer an das Schloss zur Bank heran. Verzweifelt versuchte er mit einem Sperrhacken die Tür zu öffnen und nach einer Weile sprang diese auf. Noch einmal vergewisserten sich die Männer, ob sie niemand bei der Arbeit beobachtete, und als

1

sie sich überzeugt hatten, wollten sie in den Kassenraum laufen. Doch plötzlich standen sie vor einer Gittertür. Verwundert sahen sie sich an. Mit diesem zusätzlichen Hindernis hatten sie nicht gerechnet. Einer von ihnen holte eine schwarze Tasche herbei, und suchte in dieser eine Eisensäge. Leise durchsägte er vier Stäbe. Diese, etwas schwierige Arbeit, brauchte sehr viel Zeit. Als die Stäbe durchgesägt waren, kroch er sofort in das Innere. Kaum befand er sich in dem Raum, ging auch schon die Alarmanlage los. Hals über Kopf verließen die den Kassenraum. Keiner der Vier dachte jedoch an die Tasche und so blieb sie an ihrem Platz stehen. Als sie gerade herauskamen und zu ihrem Fluchtwagen wollten, stand eine leicht wankende Frau ganz in der Nähe des Wagens. Einer der Männer sah sie, zog einen Revolver und ein ohrenbetäubender Schuss durchstieß die Stille der Nacht. Langsam sackte sie zu Boden und blieb leblos liegen.

„Bist du wahnsinnig, auf eine wehrlose Frau zu schießen. Hast du nicht gesehen, dass sie betrunken war", schrie ihn einer an.

„Nein, ich hatte aus Angst geschossen. Ich dachte sie hätte uns beobachtet, und würde zur Polizei laufen um uns zu verpfeifen", gab der Betroffene zu.

„Du bist ja nicht bei Trost. Jetzt haben wir vielleicht auch noch einen Mord auf dem Gewissen."

„Streitet nicht, sondern macht lieber dass ihr weiterkommt, ehe uns die Bullen erwischen!" Ohne sich um die angeschossene Frau zu kümmern stiegen sie in ihren Wagen. Gerade noch im letzten Augenblick, den als sie drinnen saßen fuhr gerade ein Streifenwagen um die Ecke. Dieser nahm sofort die Verfolgung der Räuber auf. Die anderen des zweiten Wagens blieben vor der Bank stehen, und kümmerten sich um die angeschossene Frau, die noch immer besinnungslos auf dem kalten Boden lag.

„Lebt sie noch?"

Einer der Polizisten begann sofort ihren Puls zu fühlen. Er nickte mit dem Kopf. Sie lebte noch. An der rechten Seite ihres Kopfes hatte sie eine Wunde, die stark blutete. Er ging zum Streifenwagen, verständigte über Funk den Notarzt, nahm aus dem Kofferraum des Wagens eine Decke heraus, und deckte die Verwundete zu. Chefinspektor Dupont verfolgte den schwarzen Chevrolet, doch an der nächsten Straßenecke verlor er diesen aus den Augen und musste aufgeben. Er griff zum Funkgerät und gab einen Funkspruch an alle Streifenwagen durch.

„Achtung an alle! Ein schwarzer Chevrolet, Kennzeichen YBC-V445 ist Richtung Stadtauswärts unterwegs. Sofort stoppen, handelt sich vermutlich um Bankräuber. Ende der Durchsage!"
Als er zum Tatort zurückkehrte war in der Zwischenzeit der Notarztwagen eingetroffen. Zwei Sanitäter trugen die verletzte Frau zum Wagen. Ein Spezialist für Fingerabdrücke untersuchte einstweilen die Tür mit einem Pinsel. Inspektor Dupont unterhielt sich mit dem zuständigen Arzt. Dieser nickte mit dem Kopf, und gab mit der Hand einige Zeichen von sich. Er reichte nach einiger Zeit dem Inspektor die Hand, stieg in den Rettungswagen ein, mit Blaulicht und Folgetonhorn brauste dieser davon. Der Chefinspektor ging zu seinen Leuten.
„Was entdeckt, Charly?"
„Ja Chef, eine schwarze Werkzeugtasche, die noch unberührt auf ihren Platz stand."
Er zeigte auf diese und Inspektor Dupont überreichte diese dem zweiten Assistenten Harry. Dieser nahm sie vorsichtig in die Hand und untersuchte sie nach besonderen Hinweisen.
„Was war eigentlich mit dieser Frau, die sie gerade wegführten?"

„Sie wurde von den Räubern, als sie die Flucht ergriffen, angeschossen."

„Konnten sie feststellen wer sie ist und woher sie kommt?"

„Ja sie hatte in ihrer Handtasche einen Personalausweis sowie eine Karte der Zentralbank. Aus diesem geht hervor, dass sie die Chefsekretärin ist", berichtete Charly. „Ich habe vorhin mit, dem Arzt gesprochen. Er meinte ich könnte sie Montag vernehmen. Vielleicht kann sie uns weiterhelfen."

Quietschend blieb ein dunkelblauer Mercedes vor den Füßen des Inspektors stehen. Bleich stieg der Bankdirektor heraus. Seine Knie zitterten und Schweiß stand auf seiner Stirn.

„Sind sie denn verrückt, wie können sie so knapp vor meinen edlen Füßen stehen bleiben. Stellen sie sich vor, ich hätte eine Schuhnummer größer, dann hatte ich jetzt keine Zehen mehr!"

„Entschuldigen sie, Herr Inspektor, ich bin der Direktor dieser Bank. Wissen sie schon etwas Näheres. Wurde etwas gestohlen?"

„Ich glaube nicht, denn es schaltete sich noch rechtzeitig die Alarmanlage ein. Aber das wollte ich von ihnen erfahren. Sie müssen ja wissen wie viel Geld sich in ihrer Bank befindet."

„Gott sei Dank, ja, das kann ich ihnen jedoch erst morgen Früh sagen, so schnell lässt sich das nicht feststellen."

Schweigend betrachtete sich der Bankdirektor den Schaden an den Gitterstäben. Langsam fuhr er mit den Fingern durch die Haare. Schnaufend sah er den Inspektor an.

„Ganz schöne Arbeit, nicht wahr Herr Inspektor?"

„Ja das war nun schon der dritte Einbruch in dieser Stadt. Sicher hängt, dieser mit den anderen zusammen. Ich möchte zu gerne wissen wer dahinter steckt. Aber vielleicht hilft uns ihre Sekretärin ein wenig weiter."

Schweigend sah der Bankdirektor den Inspektor ins Gesicht. Nervös suchte er nach einer Zigarette. Als er sie fand zündete er sie mit einem starren Blick an und sah wieder den Inspektor an.

„Was um alles in der Welt hat meine Sekretärin mit diesem Fall zu tun", wollte er wissen.

„Sie wurde von den Einbrechern angeschossen, als sie gerade flüchtete. Wir brachten sie in das Krankenhaus, ich werde sie Montag früh vernehmen. Vielleicht hat sie die Diebe erkannt?"

„Ich glaube kaum Chef, denn sie war ja betrunken", fuhr Charly dem Inspektor ins Wort.

Hastig blies der Bankdirektor den Rauch heraus. Er musste sich erst fassen ehe er einige Worte herausbrachte. Seine Hände zitterten. „Meine Sekretärin betrunken? Ich werde sie gleich morgen entlassen. Meine Angestellten und betrunken, das kann ich nicht zulassen." Verwundert sahen sich der Inspektor und sein Assistent an. Sie schüttelten den Kopf.

„Ich werde sie morgen entlassen. Gleich in der Früh wenn ich ins Büro komme, werde ich die Papiere herrichten", dachte sich der Bankdirektor und merkte nicht, dass er etwas zu laut dachte.

Als ihn der Inspektor anredete erschrak der Direktor.

„Übrigens, wo waren sie in der Zeit zwischen zwei Uhr und drei Uhr, Herr Chevalier." Verwundert sah ihn dieser an. Röte stieg in seinem Gesicht empor.

„Ich, ich war in meinem Bett", begann er zu stottern, „warum fragen sie?"

„Ach nur so. Es ist nur seltsam, dass sie so schnell hier bei uns waren, obwohl sie niemand meiner Männer angerufen hatte."

„Sie werden doch nicht glauben, dass ich mit diesem Einbruch etwas zu schaffen habe. Und was das Schnelle hier sein betrifft, ich erhielt einen Anruf, dass meine Bank überfallen worden sei. Ich fuhr sofort hierher, und sah dass sie bereits vor Ort sind."

„Nein, nein ich dachte nur so, weil sie ihre Angestellten so schnell entlassen. Aber lassen wir es, das ist ja nun wirklich ihre eigene Sache!"

Mit wütendem Gesicht ließ der Bankdirektor seine Zigarette auf den Boden fallen, zertrat diese mit dem rechten Fuß und mit erhobenem Zeigefinger richtete er sich zum Inspektor.

„Es wurde ausdrücklich bei der Einstellung meiner Angestellten darauf hingewiesen, dass nach Dienstschluss, und während des Dienstes schon gar nicht, keiner betrunken angetroffen werden darf. Wenn das meine Kunden sehen, diese würden doch glatt behaupten ich hätte lauter Säufer bei mir beschäftigt. Nein das kann ich nicht zulassen."

„Wie sie meinen. ich rede ihnen dabei nichts dazwischen, aber was wird sie ohne Arbeit anfangen. Sie hat doch bestimmt Familie?"

„Nein sie ist alleinstehend. Sie wohnt in der Ruè de Europè Nr. 85."

„So genau wollte ich es gar nicht wissen", sagte Inspektor Dupont, „ ich danke ihnen für den Hinweis.“

„Brauchen sie mich noch Herr Inspektor?"
„Nein danke. Aber bitte geben sie mir ihre
Adresse."
„Wieso wollen sie denn das wissen?"
„Sollte ich noch Fragen haben, damit ich weiß
wohin ich mich wenden darf, es wird ihnen
bestimmt nicht angenehm sein wenn ich zu
ihnen in das Büro komme, oder?"
„Da haben sie Recht. Also ich wohne in der Ruè
de Cote d'Azur Nr. 19."
„Danke, vielleicht werde ich mich in den
nächsten Tagen bei ihnen melden. Ich werde
sie auf jedem Fall einmal besuchen."
„Steh ihnen jederzeit zu Diensten, Herr
Inspektor. Darf ich mich jetzt zurückziehen?"
„Dem steht, nichts mehr im Wege. Gute Nacht,
besser gesagt, Guten Morgen, Herr Chevalier."
Wutentbrannt ging er zu seinem Wagen, stieg
ein, drehte den Zündschlüssel und fuhr mit
hundert Sachen davon. Lange sahen sich der
Inspektor und Charly an.
„Irgendwie komisch kommt mir dieser
Bankdirektor schon vor."
„Ihnen auch, weshalb?"
„Nun, gleich eine Angestellte entlassen, nur
weil sie nach Dienstschluss ein bisschen mehr
getrunken hat. Ist das nicht eigenartig?,,
„Eigentlich schon, aber ist ihnen aufgefallen
wie nervös er war, als er sich die Zigarette

anzündete und hier herkam. Genauso war er wutentbrannt, als sie ihn fragten wo er um die angegeben Tatzeit war. Ob er mit dem Ganzen hier etwas zu tun hat?"

„Kann schon sein. Wer weiß vielleicht hat dieser Fall mit den anderen zwei Einbrüchen etwas gemeinsam."

„Nun wir werden ja Montag sehen. Ich werde gleich in der Früh, wenn es möglich ist, die Frau vernehmen. Vielleicht geht es ihr schon besser und ich kann ihr ein paar Fragen stellen. Wollen wir das Beste hoffen. Gehen wir jetzt nach Hause, bevor es noch ganz hell wird. Ich möchte versuchen noch etwas zu schlafen."

Freudig stimmten seine Kollegen zu. Sie gaben sich die Hand und verabschiedeten sich. Schweigend, jeder in Gedanken versunken, stiegen sie in die Streifenwagen ein. Einige Minuten später war es wieder still in der Ruè de Varenna, so als ob nichts geschehen war in dieser Nacht. Man hörte nur mehr das Schließen der Fenster, welche durch den Lärm aufgeweckter Menschen geöffnet wurden. Langsam wurde es hell am Horizont und das Bellen eines Straßenköters durchstieß die Stille. Von der anderen Straßenseite kam, wie aus heiterem Himmel, der Bankdirektor. Er ging sofort zum Eingang der Bank und betrat diese. Ohne einen Lichtschalter zu betätigen ging er in sein Büro. Wortlos ließ er sich in seinen großen Lehnstuhl fallen und blickte sich in seinem geräumigen Büro um. Schweigend stand er wieder auf, ging zu einem Schrank und holte sich ein Glas Cognac heraus. Hastig trank er diesen hinunter. Sein Blick schweifte umher, so als ob er etwas suchen würde. Das schrille Läuten des Telefonapparates ließ ihn aufschrecken. „Wer kann das sein, niemand wusste doch dass er hier sei, wurde er etwa beim Betreten des Bankgebäudes beobachtet?" dachte er.

Er zögerte ein wenig, ob er abheben, oder es weiterläuten lassen sollte. Seine Hand begann zu zittern als er den Hörer abhob.

„Chevalier, wer spricht bitte", fragte er mit zaghafter Stimme.

Am anderen Ende der Leitung meldete sich eine weibliche Stimme.

„Dieses Mal ist es leider schief gegangen, mein Lieber, aber das nächste Mal wird es klappen. Verlass dich darauf!"

„Wer sind sie", wollte er wissen.

„Du weist wer ich bin. Wenn nicht dann denke ein bisschen nach."

Er überlegte eine ganze Weile und plötzlich stieg Blässe in sein Gesicht.

„Was willst du von mir? Hast du nicht schon genug Schaden mit deinen Erpressungen angerichtet? Willst du jetzt auch noch meine Bank ausrauben?"

„Ich werde es bei einem Versuch nicht lassen. Das nächste Mal klappt es bestimmt. Wieso hast du eine Gittertür anbringen lassen? Glaubst du vielleicht diese hindert uns bei einem Versuch?"

Hastig zündet er sich eine Zigarette an und der blaue Dunst stieg zur Decke empor.

„Wir kommen wieder. Und merkte dir eines, wenn dir dein Leben lieb ist, lass die Polente aus dem Spiel. Hast du verstanden?"

Er brachte kein Wort heraus, so sehr schnürte ihm die Kehle die Luft ab.

„Ob du verstanden hast, will ich wissen!"

„Ja ich habe verstanden. Bitte lasse mich in Ruhe! Meine Nerven halten das nicht mehr aus!"

Er hörte ein klicken am anderen Ende.

„Hallo, bist du noch in der Leitung?"

Es herrschte jedoch totenstille und langsam legte er den Hörer wieder in die Gabel. Die Asche seiner Zigarette fiel zu Boden und er dämpfte sie in einem Aschenbecher aus.

Leichenblass fiel er in seinen Sessel.

Nachdenklich ließ er seinen Blick an die Decke schweifen, saß noch eine ganze Weile so, ehe er wieder gefasst war. Hastig öffnete er die Schreibtischlade und kramte darin umher. Er musste irgendetwas Wichtiges suchen, denn er wirkte sehr nervös und nach einer ganzen Weile hielt er einen Zettel in der Hand. Stirnrunzelnd betrachtet er diesen, mit wütenden Fingern zerknüllte er ihn und warf ihn zu Boden. Es war genau eine Stunde vergangen, ehe er wieder das Bankgebäude verließ. Es war bereits hell auf der Straße. Er ging auf die andere Seite, bestieg seinen Wagen und ohne das Licht einzuschalten brauste er davon.

Ein wolkenloser Himmel eröffnete den Montagmorgen. Es war noch ruhig im Spitalsgebäude, als ein roter Volkswagen bei der Ambulanz stehen blieb und Inspektor Dupont stieg aus seinem Wagen. Das Hospital war zwar nicht groß, aber sehr schön aufgebaut. Ein nett angelegter kleiner Park mit Sitzbänken, Tischen und Zierbrunnen machten den Anblick etwas freundlicher. Blühende Ziersträucher, entlang des breiten Kiesweges, rundeten das ganze ab. Im leichten Wind wiegten die Bäume ihre Wipfel. Gemäßigten Schrittes ging Dupont zur Aufnahme und bei jedem seiner Schritte knirschte der etwas grobe Kies unter seinen Füssen. Dupont war ein hagerer, großgewachsener Mann mit leicht

ergrauten Schläfen und einem gepflegter
Vollbart.
Langsam schritt er mit, den Händen in der
Manteltasche, zur Ambulance. In der
Aufnahme saß eine kleine dickliche Schwester.
Als der Inspektor vor ihrem Glasfenster stehen
blieb rückte sie ihre Brille zurecht und blickte
zu ihm auf.
„Guten Tag, sie wünschen bitte? Wir haben
leider noch keine Besuchszeit. Erst ab 16 Uhr."
„Kriminalpolizei!"
Er nahm aus seiner rechten Brusttasche einen
Ausweis und hielt ihn der Schwester unter die
Nase.
 Sie erschrak und sah ihn verwundert an.
„Ja womit kann ich ihnen helfen?"
„Ich möchte gerne Herrn Doktor Lovangole
sprechen!"
„Einen kleinen Augenblick, Herr Inspektor. Ich
werde nachfragen ob er in der Klinik ist."
Sie nahm den Telefonhörer in die Hand und
betätigte die Wählscheibe. Sie tippte mit den
Fingern leicht aufgeregt auf der
Schreibtischplatte und ihre Augen warfen
einen kurzen flüchtigen Blick auf den
wartenden Inspektor. Dieser nahm sich aus der
Seitentasche eine Zigarette heraus, zündete sie
an und blies den Rauch ruhig in den Himmel.

„Hier Schwester Angelika. Ist der Herr Doktor anwesend? Würden sie ihm bitte ausrichten, ein Herr Inspektor...ach wie war doch gleich ihr Name?"

„Inspektor Dupont."

„Ein Inspektor Dupont möchte ihn sprechen." Sie legte den Hörer wieder auf und wandte sich an den wartenden Inspektor.

„Sie werden bereits erwartet. Herr Doktor Lovangole befindet sich auf Zimmer 305 im zweiten Stock."

„Danke Schwester."

Er wollte gerade gehen als ihm die Schwester nachrief.

„Herr Inspektor, einen kleine Augenblick bitte."

Verwundert drehte er sich um und blickte sie an.

„Ist noch etwas, Schwester?"

Sie schob das Fenster zur Seite, beugte ihren Kopf heraus und deutete mit dem Finger auf die Zigarette.

„Ihre Zigarette bitte."

„Oh, verzeihen sie mir bitte, ich hatte ganz vergessen."

Verlegen warf er sie auf den Kiesweg und stieg mit seinem Absatz darauf. Er warf der Schwester ein kurzes Lächeln zu und ging langsam durch die große Flügeltür in den Gang hinein, welcher von der Türe aus sehr groß erschien. Links und rechts waren Bänke und Stühle für die Besucher angebracht und die Wände waren weiß gestrichen, nur hie und da schimmerte ein rosa Fleck hervor. Langsam ging er zum Aufzug, welcher ihn in den zweiten Stock bringen sollte, jedoch befand er sich gerade im sechsten Stockwerk und daher musste er einige Zeit warten ehe dieser kam. Schweigend stieg er in den Aufzug und setzte diesen, durch Betätigung des Knopfes, in Bewegung. Mit einem fast unhörbaren Geräusch fuhr er los. Als er im zweiten Stock ankam musste er erst Zimmer 305 suchen. Es befand sich am hinteren Ende des Gangs. Dupont nahm seine Hände aus der Manteltasche, richtete sich seine Krawatte und klopfte an die Tür. Kurz darauf vernahm er eine weibliche Stimme, welche leise herein sagte. Langsam öffnete er die Tür und betrat einen Art Vorraum. An einer Schreibmaschine saß eine junge Schwester und schrieb einen Brief. Sie musste etwa fünfundzwanzig sein und glich einer Madonna. Sie hörte auf zu schreiben und blickte in Richtung Inspektor. „Sie sind sicher Inspektor Dupont? Einen kleinen Moment bitte." Sie ging zu einer Sprechanlage und drückte auf einen Knopf. Ihr weißer Mantel knisterte bei jedem Schritt, so gestärkt war er und Inspektor Dupont konnte sich, an dieser Schönheit, nicht genug satt sehen.

„Herr Doktor Lovangole, ein Herr Inspektor ist hier, soll ich ihn herein lassen?"

„Ja Schwester Maria. Ich erwarte ihn bereits."

„Bitte Herr Inspektor, hier entlang."

Sie deutete mit der Hand auf eine große weiße Tür. Er öffnete diese und kam in einem großen Raum und Dupont musste sich erst zurechtfinden, bevor er den Doktor in einem Stuhl sitzen sah. Dieser erhob sich sofort und reichte Dupont die Hand. Dieser erschrak als er das knochige Gesicht des Doktors sah, jedoch ließ er sich nichts anmerken.

„Ich komme wegen der Frau, welche freitags angeschossen wurde. Sie ist hoffentlich noch am Leben?"

„Sie können ganz beruhigt sein, sie ist noch am Leben, aber wegen dieser Frau wollte ich sie ohnehin anrufen. Ich hatte sie leider nicht erreicht."

„Was ist mit ihr?"

Eine gewisse Unruhe machte sich in Dupont bemerkbar.

„Nun wie soll ich ihnen das sagen", seine Stimme begann zu zittern,

„Sie fing heute Nacht zu fantasieren an und schrie immerzu sie werde umgebracht. Sie hat aber keinerlei Angaben gemacht, worauf sie sich beziehen sollten. Ich wollte sie diesbezüglich schon anrufen, aber ich hatte, wie ich vorhin schon erwähnte, niemand erreicht."

„Sie konnten mich nicht erreichen, denn ich war noch einmal bei der Bank und habe mir die ganze Sache angesehen. Kann ich mit ihr sprechen?"

„Sprechen können sie schon mit ihr aber nicht zu lange, noch leidet sie unter einer Art Schockeinwirkung welche ihr der Schuss zugefügt hat. Und erst diese seltsamen Vorkommnisse der letzten Nacht."

„Ich werde sie nicht allzu lange aufhalten, das verspreche ich ihnen. Wo kann ich sie finden?"

„Gleich nebenan im Zimmer 306. Ich begleite sie, damit ich rechtzeitig einschreiten kann, falls es zu viel für sie werden sollte. Sie verstehen mich?"

Dupont nickte ihm zu.

„Ist recht, Herr Doktor. Ich sehe das ein, sie haben ja die Verantwortung über ihre Patienten. Könne wir jetzt gehen?"

„Ja bitte."

Doktor Lovangole ging zur Tür, öffnete diese und Dupont folgte ihm in den Vorraum. Schwester Maria saß an ihrem Schreibtisch und warf ihnen einen Blick zu.

„Schwester Maria, ich befinde mich mit dem Herrn Inspektor bei der kranken Mademoiselle Janette. Sollte jemand nach mir fragen, so können sie ihm sagen wo ich bin."

„Ist in Ordnung, Herr Doktor."

Schweigend gingen beide bei der Tür hinaus und Dupont richtete abermals seinen Blick zu Doktor Lovangole.

„Wie war das doch gleich heute Nacht?"

„Wie soll ich ihnen das genau erklären, Herr Dupont? Ich war gerade in meinem Zimmer, als plötzlich Schreie vom Korridor an mein Ohr drangen. Ich ließ mein Buch, welches ich gerade gelesen hatte, auf den Boden fallen, stürzte hinaus und da stand diese Frau auf dem Gang. Ich lief natürlich sofort zu ihr hin und versuchte sie zu besänftigen. Sie aber schrie immer, dass man sie umbringen will. Ich bemühte mich ihr klar zu machen, dass sie sich in einem Hospital befand und sie brauche keine Angst zu haben. Sie ließ sich aber nicht beruhigen und schrie immer fort dasselbe. Ich sah in ihr Zimmer und es war, wie vermutet, niemand zu sehen. Schwester Maria brachte sie wieder in ihr Bett und ich gab ihr eine Beruhigungsspritze. Während dessen machte die Schwester das Fenster wieder zu.

„Das ist ja reichlich viel was sie mir da erzählt haben."

Gedankenvoll strich der Inspektor über seinen Vollbart. Er musste eine Weile nachdenken, ehe er wieder etwas sagte. Sie blieben vor der Zimmertür stehen.

„Nur eine Frage hätte ich da noch. Als sie die Patientin das letzte Mal gesehen hatten, war das Fenster geschlossen oder schon geöffnet?" Doktor Lovangole zog nachdenklich die Augenbraue hoch und dachte nach. So sehr er sich auch anstrengte ihm fiel nicht ein ob es offen oder geschlossen war.

„Ich glaube da müssen sie Schwester Maria fragen, da bin ich überfragt. Sie hat als letzte die Patientin gesehen. Sie werden doch nicht an diesen nächtlichen Mordversuch glauben?"

„Man kann nie wissen was in so einem Fall wahr ist und was nicht. Es könnte leicht möglich sein, das jemand versucht sie zu beseitigen. Schließlich ist sie für uns eine wichtige Zeugin und es hat den Anschein, dass dies jemand versucht zu verhindern."

Leise öffneten sie die Tür zu Janettes Zimmer. Eine Infusion hing ober ihrem Bett und auf ihrem Kopf befand sich ein Verband. Um Janette nicht zu erschrecken näherten sie sich langsam ihrem Bett. Schweigend betrachtete Dupont ihr Antlitz. Der Schock und die Geschehnisse der letzten Tage standen ihr im Gesicht geschrieben und er überlegte ob er sie wecken solle oder nicht. Er gab dem Doktor ein kleines Zeichen, und dieser verstand sofort. Vorsichtig begab er sich zum Bettrand und versuchte die Patientin zu wecken.

„Gerne mache ich das ja nicht, aber wenn es sein muss."

„Ich wäre ihnen sehr verbunden, Herr Doktor. Es würde mir vielleicht etwas weiterhelfen." Vorsichtig berührte er die Kranke auf den Schultern.

„Fräulein Janette wachen sie bitte auf, Herr Inspektor Dupont möchte ihnen ein paar Fragen stellen."

Langsam hob sie die Augenlider sah den Inspektor an und nahm ganz verschwommen seine Umrisse wahr. Vorsichtig ging Inspektor Dupont zum Krankenbett. Plötzlich gab sie einen Schrei von sich und hielt die Hände vor ihre Augen. Erschrocken sah Doktor Lovangole den Inspektor an.

„Was hat sie?"

Doktor Lovangole hob verwundert die Schultern.

„Ich weiß es nicht."

Schreiend warf sie den Kopf hin und her. Inspektor Dupont ging langsam zu Doktor Lovangole und Janette sah die beiden mit weitaufgerissenen Augen an.

„Man will mich schon wieder umbringen so helfen sie mir doch!"

Erschrocken fuhr Doktor Lovangole herum. Langsam ging er wieder zum Krankenbett, hielt sie an den Schultern fest und versuchte sie zu beruhigen.

„Wer will sie umbringen?"

„Der dort beim Fenster."

Sie deutete zum Fenster, aber als sie hinsah stand dort niemand und Doktor Lovangole rief eine Krankenschwester welche kurze Zeit später das Zimmer betrat.

„Bringen sie bitte eine Spritze mit Beruhigungsmittel!"

„Sofort, Herr Doktor."

Wenige Augenblicke später kam sie mit einem Tablett zurück. Auf diesem lag eine Spritze und Doktor Lovangole nahm sie in die Hand um Janette dieses Mittel zu verabreichen. Kurze Zeit später atmete sie wieder ganz normal.

„Kann ich jetzt mit ihr wieder sprechen?"

„Aber bitte nicht zu lange, sie sehen ja wie sie sich soeben verhalten hat."

„Ich werde mich kurz fassen."

Er wandte sich abermals zu Janette. Diese sah ihn mit beruhigendem Gesichtsausdruck an. Er begann vorsichtig mit der ersten Frage.

„Was war gestern Abend in ihrem Zimmer los, Frau Janette?"

„Gestern?"

„Ja gestern. Bitte besinnen sie sich und versuchen sie sich, so gut es nur geht, zu erinnern."

Mit starrem Blick sah sie abermals zum Fenster und ihr Gesichtsausdruck glich einer Mumie so starr war er. Ganz abwesend sah sie sich im Raum um. Es schien, als versuchte sie sich zu erinnern. Doktor Lovangole ging vorsichtig um das Krankenbett und tippte auf Inspektor Dupont's Schulter. Dieser drehte sich, mit einem fragenden Blick, zu ihm.

„Ich glaube es hat keinen Sinn, Herr Dupont. Sie sehen es ja selbst, sie kann sich an nichts mehr erinnern."

„Warten sie noch einen Augenblick, Herr Doktor, vielleicht kommt sie noch darauf."

Doktor Lovangole wollte etwas sagen, aber Dupont, hob die Hand, und drehte sich wieder zu Janette. Diese versuchte mit gebrochenen Sätzen den gestrigen Vorgang zu schildern.

„Gestern kam ein Mann beim Fenster...ja beim Fenster."

Sie deutete mit dem Zeigefinger auf das große weiße Fenster.

„Er kam beim Fenster herein...und...und drohte...drohte mich umzubringen, wenn ich...wenn ich etwas von dem Vorfall sage. Ja so war es."

"Kannte sie den Mann?"

„Nein ich habe ihn nicht erkannt, Nein, nein, nein!"

Sie fuhr wild mit ihrem Kopf hin und her. Weinend schrie sie immer wieder dieselben Worte. Doktor Lovangole legte sanft die Hände auf ihre Schultern. Flehend sah er zu Inspektor Dupont.

Dieser verstand sofort und nickte ihm zu.

„Noch eine einzige Frage."

„Aber bitte die aller Letze, sie sehen ja selbst in welchem Zustand sich die Patientin befindet und wie sich dieser sichtlich verschlechtert."

Inspektor Dupont nickte abermals, und wandte sich an Janette. Ihr Gesicht war Kreideweis und Schweißperlen standen auf ihrer Stirn.

„Diese Frage habe ich noch. Will man sie vielleicht erpressen?"

„Ich weiß es nicht, ich will nicht umgebracht werden."

Krampfhaft richtete sie sich auf und sah den Inspektor flehend an. Dieser nickte ihr zu und strich über ihre Hand.

"Wir werden sie schon beschützen, damit ihnen nichts passiert. Verlassen sie sich ganz auf uns."

Ein kleines Lächeln kam über ihre Lippen und matt sank sie in ihr Kopfkissen zurück.

„Sollte irgendetwas vorfallen, bitte verständigen sie mich sofort, Doktor Lovangole. Auch wenn es mitten in der Nacht sein sollte. Haben sie mich verstanden?"

„Ist in Ordnung."

Langsam gingen beide bei der Tür hinaus. Noch einmal drehte sich Inspektor Dupont zu Janette, diese sah ihn mit flehenden Augen an und mit einem Lächelnd sah er zurück. Nur Mut mein Kind, schienen seine Augen zu sagen. So als ob sie es verstanden hätte erwiderte sie sein lächeln. Leise schloss Doktor Lovangole die Zimmertür. Inspektor Dupont nahm sich eine Zigarre aus einer Schachtel und wollte sie gerade anzünden als er den Blick von Doktor Lovangole sah. Verlegen steckte er sie wieder in die Schachtel zurück. Gemächlich gingen sie den Gang entlang.

„Ach bitte Doktor geben sie ein bisschen mehr auf die Kleine Acht! Ich möchte nicht dass ihr etwas zustößt."

„Ich werde mein Möglichstes tun."

Als sie gerade um die Ecke bogen lief ihnen Schwester Maria, mit einem Tablett voll Wattebällchen in ihrer Hand, über den Weg. Erschrocken sah sie beide an und Blässe stieg in ihr Gesicht.

„Haben sie mich aber jetzt erschreckt, meine Herren."

„Das wollten wir ganz und gar nicht."

„Nein ganz bestimmt nicht."

„Wenn sie schon mal hier sind Schwester Maria, ich hätte da eine Frage an sie."

„An mich?"

Sie hatte sich bereits von ihrem Schrecken erholt und blickte mit kalten starren Augen in Duponts Gesicht. Sogleich lief es ihm, bei diesem Blick, kalt über den Rücken.

„Es geht um den Vorfall heute Nacht."

„Ach sie meinen bei Madame Janette Beriot?" Verwundert sah sie ihn an.

„Ich denke Herr Inspektor, zu diesem Fall kann ich ihnen nichts sagen. Es tut mir aufrichtig leid."

"Ich glaube aber doch, dass sie mir weiterhelfen könnten."

„Womit kann ich denn das?"

„Wissen sie ob das Fenster, als sie das Zimmer verlassen hatten, geöffnet oder geschlossen war?"

„Einen kleinen Moment. Lassen sie mich nachdenken. Ich glaube es war offen, ja ich bin mir ganz sicher es war offen."

„Wieso sind sie sich denn da so sicher?"

„Wieso ich mir so sicher bin? Nun weil die Patientin mich ersucht hat ich soll das Fenster öffnen, es war ihr so heiß im Zimmer, und da

habe ich halt geöffnet. Habe ich etwas
Falsches gemacht?"
„Nein, nein, ich wollte es nur wissen."
Aufatmend sah sie den Inspektor an.
„Bitte brauchen sie mich noch, oder kann ich
wieder gehen?"
Fragend blickte sie Beide an.
„Nein sie können wieder an ihre Arbeit,
gehen."
„Danke sehr."
Plötzlich blieb sie stehen, drehte sich zu Doktor
Lovangole um, und dieser sah sie voll
Verwunderung an.
„Ist noch etwas, Schwester Maria?"
„Ich wollte nur sagen, falls sie mich benötigen,
ich bin in der Anmeldung und anschließend im
Labor."
„Ist in Ordnung, Schwester."
Inspektor Dupont musterte sie beim
Weggehen und seine Gedanken waren wieder
bei der armen Janette, welche hilflos in ihrem
Zimmer lag und sich, bei einer Wiederholung
dieses Vorfalles, nicht wehren konnte.
Während des Gehens wandte er sich abermals
zu Doktor Lovangole.
„Bitte Herr Doktor, geben sie auf Madame
Janette acht, und wie gesagt, sollte
irgendetwas vorfallen, verständigen sie mich

bitte sofort. Meine Telefonnummer haben sie ja!"

„Selbstverständlich Inspektor."

Sie gingen gemächlich den Gang entlang und jeder machte sich seine eigenen Gedanken. Als sie beim Ausgang ankamen, drehte sich Dupont zu Doktor Lovangole, und gab ihm die Hand.

„Auf Wiedersehen, und passen sie gut auf, ich brauche die Kranke noch. Sie ist eine sehr wichtige Zeugin."

Doktor Lovangole blickte Dupont an und nickte. Dieser drehte sich um und ging an der Anmeldung, ohne ein Wort zu sagen, vorbei.

„Auf Wiedersehen, Herr Inspektor."

„Auf Wiedersehen, Schwester Angelika."

Er blieb stehen, dachte kurz nach und ging zu ihr hin.

„Verzeihen sie, haben sie Schwester Maria hier raus gehen sehen?"

„Ja sie ging hier vorbei, aber wohin sie gegangen ist kann ich ihnen leider nicht sagen. Ich sah nur wie sie zu einer Telefonzelle ging"

„Zu einer Telefonzelle, kann sie nicht von hier aus anrufen?"

„Wenn es interne Gespräche sind ja, Privatgespräche kann sie nur von einer öffentlichen Fernsprechstelle tätigen. Eine davon befindet sich im Halbstock."

„Und weshalb hat sie nicht von dieser aus angerufen?"

„Das kann ich ihnen nicht sagen."

Nachdenklich blickte er zu der Telefonzelle. Wie konnte er feststellen wohin sie telefonierte, ohne sie zu fragen. Er sah wieder Schwester Angelika an und winkte ihr dankend zu.

„Danke sehr, und auf Wiedersehen, Schwester Angelika."

Er ging eilig zu seinem Wagen, bestieg diesen und machte sich auf den Weg. Er fuhr geradewegs zu der Adresse, welche ihm Direktor Chevalier genannt hatte. Er musste ihm einen Besuch abstatten.

„Hoffentlich ist er zu Hause?"

Seine Gedanken waren dennoch bei Schwester Maria.

„Warum ging sie zu einer Telefonzelle um ein Privatgespräch zu führen, und dies ohne es Doktor Lovangole zu sagen? Sie äußerte ihm gegenüber doch auch dass sie später im Labor sei?"

Er verwischte diesen Gedanken wieder, denn er musste sich auf den Verkehr konzentrieren, sonst wäre im gleich ein Kind in sein Auto gelaufen.

Nicht weit von der Ruè de Ciel lag die Ruè de Cote D'Azur. Sie ist eine der schönsten Plätze von Paris. Links und rechts schmückten Bäume sowie kleine Bungalows mit Vorgärten die Straße. In einem dieser Gärten saß ein Mann und las in einer Zeitschrift. Als er den Wagen vom Inspektor vor dem Haus des Direktors stehen bleiben sah, legte er die Zeitung zur Seite, ging sofort in sein Haus, nahm den Telefonhörer in die Hand und wählte eine Nummer.

„Herr Chevalier sehen sie doch einmal aus ihrem Fenster, ein fremder Mann ist vor ihrem Haus stehen geblieben."

Schweigend ging Chevalier zum Fenster, schob den schweren Vorhang zur Seite und warf einen Blick hinaus. Als er sah wer aus dem Wagen stieg ließ er den Vorhang zurückfallen und lief zum Telefon.

„Ich lege jetzt auf, es ist ein Kriminalinspektor. Aber bitte rufen sie mich in einer halben Stunde wieder an und sagen sie ihre Frau möchte mich sprechen, oder sonst irgendetwas. Ihnen wird schon etwas Passendes einfallen. Haben sie mich verstanden?"

„Gut Herr Chevalier, ich werde es machen, aber weshalb nur?"

„Fragen sie mich jetzt nicht, ich erkläre es ihnen später."

Hastig legte er den Hörer auf, ging zur Tür und drückte lauschend sein Ohr an die Holzvertäfelung. Schritte näherten sich und Dupont drückte an die Taste welche die Türglocke betätigte. Herr Chevalier zuckte zusammen, zögerte einen Augenblick, ob er öffnen sollte oder so tat als wäre er nicht zu Hause. Er entschloss sich für die erste Version, nahm den Hörer der Torsprechanlage zur Hand und fragt nach wer es sei. Dupont gab sich zu erkennen.

„Einen Augenblick ich komme gleich."

Eilig lief Herr Chevalier wieder in das Wohnzimmer, legte ein Buch aufgeschlagen auf den Tisch, ging wieder zur Tür und öffnete sie. Dupont kam ihm entgegen und Chevalier stand mit einem erzwungenen Lächeln bei der Tür. Mit ausgebreiteten Armen ging er Dupont entgegen.

„Ich habe mir nicht gedacht, dass sie so schnell zu mir kommen würden. Hat sich etwas Neues in dem Fall ergeben?"

„Guten Tag, Herr Chevalier. Leider hat es noch nichts Neues gegeben. Störe ich sie nicht, ich möchte sie einen Augenblick sprechen."

„Nein, nein sie stören mich nicht. Aber kommen sie doch weiter, hier draußen lässt es sich sehr schwer reden, die Nachbarn, sie verstehen mich."

Dankend ging Dupont in den Vorraum. Hastig sah Herr Chevalier bei der Tür hinaus, ob sie niemand gesehen hatte und als er erleichtert feststellte, dass dies nicht der Fall sei, schloss er die Tür. Er führte den Inspektor schweigend in das Wohnzimmer und Dupont blickte sich um. Wenn man diesen Raum betrat, merkte jeder sofort, dass in diesem Haus ein reicher Mensch lebte. Stilgemäß war das große Wohnzimmer eingerichtet. Eine schwere Sitzgarnitur stand in der Mitte des Raumes und dicke Samtvorhänge waren über eine ganze Fensterseite gezogen. Ein glitzernder Kristalllüster krönte noch das Ganze ab. Herr Chevalier deutete mit einer flüchtigen Handbewegung auf die Sitzgarnitur.

„Aber bitte nehmen sie doch Platz. Wollen sie etwas trinken, Herr Inspektor?"

„Nein Danke, ich bin im Dienst", hob er abwehrend die Hand.

„Also wie gesagt, ich war heute im Hospital und habe mit ihrer Sekretärin gesprochen." Nachdenklich sah Herr Chevalier den Inspektor an.

„Wie geht es ihr?" fragte er ganz verlegen.

„Es geht ihr den Umständen entsprechen, jedoch war heute Nacht jemand bei ihr in ihrem Zimmer und hat ihr gedroht er würde sie umbringen wenn sie irgendetwas sagen würde.

Haben sie eine Ahnung wer das gewesen sein könnte?"

Der Bankdirektor wurde plötzlich ganz verlegen, stand auf, ging zur Bar und nahm sich ein Glas Cognac. Aus einer Schachtel entnahm er eine dicke Zigarre und reichte mit zitternden Händen diese Inspektor Dupont. Mit einer Verneinung deutete er an, dass er diese nicht möchte. Mit nervösen Händen zündete Herr Chevalier sich die Zigarre an. Begab sich langsam zum Polstersessel zurück und ließ sich in diesen fallen. Er überlegte sehr lange ehe er sich zu Inspektor Dupont wandte und ihn ängstlich ansah. Blässe stieg in sein Gesicht und er zog hastig an seiner Zigarre. Dupont merkte sofort, das Chevalier verlegen wurde.

„Was haben sie?"

Der Bankdirektor reagierte vorerst nicht auf die Frage, sondern starrte ganz gespannt in die Ecke. Erst als Dupont ihm einen kleinen Schupp gab, kam er wieder zu sich.

„Was haben sie denn, Herr Chevalier?"

„Ich habe nur, über das was sie eben gesagt haben nachgedacht."

„Habe ich etwas so schreckliches gesagt, dass sie so verlegen werden?"

„Ich muss ihnen endlich etwas sagen. Es muss aber unter uns blieben."

„Ich kann schweigen wie ein Grab. Erzählen sie mir schon was sie bedrückt."
Herr Chevalier wollte gerade anfangen, als das Telefon läutete.
„Einen Augenblick bitte."
Er stand auf, ging zum Apparat, hob ab und meldete sich. Murmelnd sagte er dass er gleich kommen werde und legte wieder auf.
"Ich muss für einen Augenblick weg, ich komm gleich wieder."
Er ging zur Tür, öffnete diese und als er hinaustrat, fiel ein Schuss. Dupont schreckte hoch, stand von seinem Sessel auf, ging zur Tür und sah wie Herr Chevalier schwankte. Dieser griff sich an die rechte Brustseite. Er konnte gerade noch zu seinem Stuhl gehen, als er in diesen, schwer getroffen, sackte. Sein weißes Hemd färbte sich sofort rot. Mit schweren Worten versuchte er dem Inspektor etwas zu sagen, jedoch brachte er keine Silbe heraus. Matt sank er mit dem Kopf auf die schwere Marmorplatte des Tisches und zog sich noch eine Platzwunde hinzu. Inspektor Dupont war mit einem raschen Sprung bei ihm, sah ihn flehend an und lehnte ihn zurück auf die Sitzgruppe. Eilig lief er wieder an die Eingangstür und sah gerade noch einen schwarzen Chevrolet vorbeibrausen. Genauso ein Fabrikat wie bei dem Banküberfall.

Schweigend drehte er sich wieder zu Chevalier, welcher ihm versuchte etwas sagen. Dupont ging zu ihm und hielt sein Ohr an den Mund. Der schwer getroffene Bankdirektor hauchte ihn leise etwas hinein.

„Sie müssen meinen Mörder finden, dann haben sie auch die Bankräuber. Suchen sie im Hospital, ich kann ihnen nur so viel sagen, geben sie auf Mademoiselle Janette Obacht, sie befindet sich in großer Gefahr, beeilen sie sich, sonst geschieht noch mehr."

„Woher wissen sie das und wer ist der Mörder, Herr Chevalier?"

Doch dieser konnte nicht mehr antworten, denn gerade als er das letzte Wort aussprach starb er. Schwer fiel er auf die Marmorplatte zurück. Dupont, konnte gerade noch rechtzeitig den Kopf auffangen, ehe er wieder hart aufschlug.

Dupont war gerade in Gedanken versunken, als ihn das Läuten des Telefons in die Höhe schrecken ließ. Er überlegte, ob er abhebt oder ob er lieber so macht als wäre niemand zu Hause. Er entschloss sich abzuheben.

„ Bei Chevalier, hier spricht Inspektor Dupont."

Am anderen Ende war nur ein leises Schnaufen zu hören.

„Hallo wer ist dort?"

Das Einschnappen am anderen Ende der Leitung war zu hören. Nachdenklich legte Dupont den Hörer in die Gabel und blickte wieder zu Chevalier.

„Ich muss sofort Doktor Lovangole anrufen, er muss kommen", sagte er laut zu sich.

Er nahm den Hörer wieder in die Hand, suchte in seinem Notizbuch die Nummer des Hospitals und als er sie gefunden hatte, wählte er diese.

„54807. Hoffentlich ist er hier."

Nach langem Summen meldete sich eine weibliche Stimme am anderen Ende.

„Hospital, Schwester Angelika."

„ Schwester Angelika, hier spricht Inspektor Dupont. Verbinden sie mich bitte mit Doktor Lovangole?"

„Einen Augenblick."

„Danke, Schwester, ich warte. "

Am anderen Ende war ein klicken zu hören, und kurze Zeit später meldete sich eine andere Stimme.

„Ordinationsraum, Doktor Lovangole."

„Kann ich bitte den Doktor sprechen? Hier spricht Inspektor Dupont."

„Moment ich werde nachsehen ob der Doktor in seinem Zimmer ist."

Sie legte den Hörer auf den Schreibtisch, ging zur großen weiße Tür und klopfte leise an.

„Ja bitte?"

Sie öffnete einen kleinen Spalt und warf einen Blick hinein.

„Ja Schwester Maria, sie wünschen bitte?"

„Inspektor Dupont ist am Apparat, er sagt es wäre wichtig. Soll ich verbinden?"

„Ja verbinden sie das Gespräch, wenn es sehr wichtig ist."

Sie ging zurück zum Schreibtisch, nahm den Hörer in die Hand, drückte auf einen roten Knopf und die Verbindung war hergestellt. Sie legte jedoch nicht auf, sondern belauschte das Gespräch der Beiden.

„Guten Tag Herr Inspektor Dupont. Was gibt es denn so wichtiges, das sie mich anrufen?"

Ein kleines Lächeln ging über seine Lippen. Wenn man ihn jetzt so sehen würde, könnte man meinen er wüsste bereits was geschehen war.

„Guten Tag, Herr Lovangole. Gut das ich sie erreiche. Ich muss ihnen leider sagen, dass ich hier bei Herrn Chevalier bin und dieser wurde soeben erschossen."

Doktor Lovangole nahm sich eine Zigarette aus der Schachtel, welche sich in seiner Schublade befand, zündete diese an und gespannt verfolgte er was Dupont zu berichten hat.

„Ich sprach mit ihm über den Banküberfall und über den heutigen Besuch bei ihnen im

Hospital. Er kam mir sehr merkwürdig vor, denn er wurde ganz blass im Gesicht. Als er mir gerade etwas erzählen wollte unterbrach und das Läuten des Telefons. Er ging hin, meldete sich und sagte nach einem kurzen Gespräch das er kurz weg muss. Als er zur Türe hinausging fiel plötzlich ein Schuss. Er sagte mir nur wo ich den Mörder und den Anführer des Banküberfalles suchen muss, mehr brachte er nicht heraus. Würden sie bitte so schnell sie nur können kommen!"

„Ich komme sofort, wie ist die Adresse?"

„Ruè de Cote Azur Nummer 19. Bitte kommen sie rasch!"

„Also Ruè de Cote Azur Nummer 19. Ich mache mich gleich auf den Weg."

„Danke ich warte auf sie."

Doktor Lovangole legte den Hörer auf und wurde bleich im Gesicht. Er stand schweigend auf, legte seinen weißen Arbeitskittel ab, streifte seine schwarze Jacke über, setzte seinen Hut auf und nahm die Arzttasche mit.

„Schwester Maria, ich muss noch einmal weg aber ich bin bald wieder zurück."

„Was soll ich sagen, falls jemand nach ihnen fragt?"

„Sagen sie ich sei bei einem Krankenbesuch weiter nichts!"

„Ist in Ordnung, Herr Doktor."

Schweigend ging er hinaus. Bei der Ambulanzschwester lüftete er seinen Hut, ging wortlos an ihr vorüber, stieg in seinen weißen Renault, knallte die Tür zu und fuhr in eiligstem Tempo weg. Inspektor Dupont hatte in der Zwischenzeit seine Mannschaft, verständigt. Er machte, während er auf Doktor Lovangole wartete, Kaffee. Dupont fand sich in der Küche nicht so zurecht und kaum war der Kaffee fertig läutete auch schon die Glocke. Dupont drückte auf den Türöffner und Doktor Lovangole kam eiligen Schrittes zum Haus.

„Gut dass sie schon hier sind, Herr Lovangole."

„Wie lange ist er schon tot?"

„Ungefähr eine Stunde."

Er führte Doktor Lovangole in das Wohnzimmer, dieser legte seine Jacke sowie seinen Hut ab und warf alles auf den Barhocker. Langsam ging er zum Toten, sah ihn lange an und ein freches Lächeln umspielte sein Gesicht. Inspektor Dupont konnte es nicht sehen, denn er stand mit dem Rücken zu ihm.

„Wir saßen hier gerade beisammen und ich fragte ihn, ob er zufällig etwas über den gestrigen Vorfall wüsste. Er zündete sich eine Zigarre an als das Telefon läutete, aber das habe ich ihnen alles bereits erzählt."

„Weshalb erzählen sie mir das alles? Bin ich Inspektor, oder sind sie es? Sie müssen sich mit diesem Fall abgeben, nicht ich."
„Entschuldigen sie, aber ich muss mir einfach alles von der Seele sprechen. Es ist in letzter Zeit zu viel auf einmal vorgefallen."
„Was wollen sie jetzt machen? Haben sie nicht gesagt, dass er ihnen sagte wo sie den Mörder suchen sollen?"
„Ja das hatte er noch gesagt."
„Nun dann sind sie sicher ein Stück weiter gekommen."
„Kann sein. Und mit ihrer Hilfe werden wir vielleicht den Mörder finden."
„Wieso mit meiner Hilfe, Herr Inspektor?"
„Da ich den Mörder in ihrem Hospital suchen soll."
"In meinem Hospital?"
Blässe stieg in sein Gesicht. Langsam setzte er sich in den Sessel und blickte schweigend zu Dupont.
„Wer hat ihnen dieses Hirngespinst eingeredet? Doch nicht etwa Direktor Chevalier?"
"Doch, das waren seine letzten Worte."
Nachdenklich sah sich Doktor Lovangole im Raum um und sein Blick streifte die volle Bar. Langsam sah er wieder Inspektor Dupont an.

„Haben sie eine Ahnung ob sich etwas Trinkbares im Hause befindet?"

„Ach wie vergesslich. Während ich auf sie wartete habe ich Kaffee gemacht. Wollen sie einen?"

„Oh ja das ist sehr gut. Jetzt könnte ich einen gebrauchen."

Inspektor Dupont ging in die Küche und holte Kaffee. Diese Zeit nutzte Doktor Lovangole aus, um die Jackentaschen des Direktors zu durchsuchen. Als er jedoch die Schritte des Inspektors vernahm, sah er noch schnell in den letzten Hosensack und lies einen Zettel in seiner Arzttasche verschwinden. Rasch setzte er sich wieder in den Sessel zurück und zündete sich eine Zigarette an. Nervös blies er den Rauch heraus. Mit einer Kanne Kaffee erschien Dupont aus der Küche.

„Haben sie bereits Untersuchungen angestellt?"

„Alles bereits Verständigt."

Schweigend und den Doktor betrachtend schenkte er den Kaffee in die mitgebrachten Kaffeetassen ein. Doktor Lovangole nahm sich zwei Stück Zucker und rührte nachdenklich um.

„Sagen sie, wie kommt Herr Chevalier darauf, dass sie den Mörder in meinem Hospital suchen sollen? Was ich natürlich bezweifle. In meinem Hospital ein Mörder, das ich nicht lache. Aber wenn es wirklich der Wahrheit entspricht, dann werde ich mich bemühen, ihnen zu helfen, soweit ich natürlich kann."

„Ich wäre ihnen sehr dankbar."

An der Eingangstür war wieder das Summen der Türglocke zu hören. Inspektor Dupont erhob sich, ging hin und drückte auf den Knopf. Einige Männer kamen bei der Tür herein und gaben Inspektor Dupont die Hand. Dieser stellte Doktor Lovangole sein Team vor und diese begannen sofort mit der Arbeit. Sie zeichneten mit einem Kreidestift die Lage des Toten nach, einige gingen in den Vorgarten und suchten dort nach wichtigen Spuren.

„Brauchen sie mich noch Herr Inspektor? Ich müsste nämlich zurück ins Hospital, meine Patienten warten auf mich."

„Nein sie können wieder gehen, aber bitte sein sie auf der Hut. Vor allem passen sie auf Mademoiselle Janette auf. Sie ist besonders gefährdet, wenn es der Wahrheit entsprechen sollte, dass sich der Mörder in ihrem Hospital befindet."

„Ich werde mich bemühen Auf Wiedersehen, Herr Inspektor."

Mit eiligen Schritten verließ Doktor Lovangole das Haus. Als er wieder auf der Straße war gab er einen Stoßseufzer von sich, ging zu seinen Wagen und fuhr im rasenden Tempo Richtung

Hospital. Inspektor Dupont brauchte den ganzen Vormittag mit der Spurensicherung, sodass er ganz niedergeschlagen war, als er aus dem Haus ging.

„Ich fahre heute noch wohin. Wenn ihr mich brauchen solltet, ich bin über mein Funkgerät zu erreichen."

„Ist recht, Herr Inspektor."

Schweigend stiegen sie in ihre Autos und fuhren davon.

Zu dieser Jahreszeit war es in Paris sehr heiß und die Strände waren überfüllt. Auch dieses Mal waren sie voll belegt. Es befanden sich nicht nur Einheimische, sondern auch viele Touristen unter den Badenden. So auch die englische Geheimagentin O2B, oder Miß Carolines Hooks, wie sie mit ihrem richtigen Namen heißt, die wie jedes Jahr ihren Urlaub hier verbrachte. Sie war sehr bekannt bei Inspektor Dupont, denn sie hatte ihm schon einige Male bei einem Fall geholfen, und jedes Mal, wenn sie hier war, hatte er einen sehr schwierigen Fall zu lösen. Auch an diesen Nachmittag machte sich Dupont auf den Weg um den Strand zu besuchen, denn der Vormittag machte ihn noch zu schaffen. Er spazierte gemütlich am Strand und kam zufällig

bei Miß Hooks vorbei. Als er sie erblickte, tat er so als ob er sie nicht sehen würde.
Nachdenklich blieb er stehen, drehte sich um und sah sie an.
„Ja ist denn das die Möglichkeit, Miß Carolines Hooks?"
„So ist es. Und sie Herr Inspektor, was führt sie um diese Tageszeit an den Strand?"
„Ich möchte heute ein wenig ausspannen, denn seit gestern komme ich nicht mehr dazu. Ich stecke Hals über Kopf in einen schwierigen Fall."
„Schon wieder ein schwieriger Fall?"
Mit einem Lächeln sah sie den Inspektor an und sie schien zu erraten dass er etwas im Schilde führte. Jedoch wollte sie ihn dieses Spiel noch ein wenig weiterspielen lassen.
„Ja leider", seufzte er.
„Um was handelt es sich denn dieses Mal?" wollte sie wissen.
„Bankraub, Verletzung einer Frau, sowie Ermordung des Bankdirektors."
„Oh weh, soviel auf einmal. Wie schaffen sie das alles alleine?"
„Ich schaffe es ja nicht, deshalb brauche eine Hilfe."
„Sie meinen wohl ich soll ihnen helfen?"

„Das habe ich nicht gesagt. Ich kann doch ihren schönen und zu Recht verdienten Urlaub nicht beanspruchen."

„Sie haben es nicht wörtlich gesagt, sondern nur angedeutet und das genügt um mich zu überzeugen."

„Wie meinen sie denn das?"

„Genauso wie ich es gesagt habe, das heißt sie kommen ohne meine Hilfe nicht weiter. Eigenartig ist es schon, es kommen immer die schwierigsten Fälle zum Vorschein, wenn ich gerade auf Urlaub hier bin."

„Das ist fürwahr eine seltsame Sache."

„Also gut, ich helfe ihnen dieses Mal wieder, aber es ist das Letzte Mal", gab sie lächelnd zur Antwort.

„Jetzt habe ich ihn an der Angel", dachte sie, „Was wird er jetzt sagen? Wird er mit derselben Ausrede kommen wie jedes Jahr?

„Sie wollen mir wirklich helfen, aber . . .?"

„Nichts aber. Ich werde ihnen dieses Mal wieder helfen. Ich habe ihnen bis jetzt immer geholfen und jedes Mal ist es derselbe Tango. Ich kann ihren schönen Urlaub nicht verpatzen", spöttelt sie", danach sind sie hinsichtlich sehr froh darüber, dass ich ihnen wieder einmal geholfen habe."

„Eigentlich haben sie Recht. Ohne sie hätte ich niemals den Fall Gistol gelöst. Ich bin ihnen viel Dank schuldig."

„Und was war mit dem Fall Kelvins? Wer hat auf den falschen Täter getippt und den falschen Mann verhaften lassen?"

Verlegen sah er auf Miß Hooks.

„Ich muss zugeben, ich bin vielleicht ein sehr schlechter Kommissar."

Mit einem frechen Lächeln sah sie ihm in die Augen. Nachdenklich nahm sie eine Zigarette aus ihrer großen Badetasche heraus, zündete diese an und blies genussvoll den Rauch in die Wolken.

„Wahrlich, da haben sie recht", gab sie keck zur Antwort.

Verlegen sah er sie wieder an und sein Blick senkte sich zu Boden.

„Setzen sie sich doch, ich kann leider nicht so lange zu ihnen empor sehen."

Mit einem Kopfnicken setzte er sich neben ihr auf den goldbraunen Sand. Caroline hatte schwarze Haare welche lange über die nackten Schultern hingen. Ihre Augen waren von einem tiefen Blau gezeichnet und ihre Figur könnte ein Mannequin erblassen lassen.

„Nun schießen sie los!"

„Sehr viel ist geschehen."

Langsam und ausführlich erzählt er Miß Hooks die ganze Geschichte und als er damit fertig war, sah ihn Caroline Hooks mit großen Augen an.

„Das ist ja reichlich genug. Jetzt möchte ich nur zu gerne wissen welche Funktion dieser Bankdirektor hatte."

„Der Bankdirektor?" fragte Dupont, erstaunt.

„Ja, der Bankdirektor, denn woher wusste er wer der Boss dieser Bande ist, und wo wir ihn zu suchen haben?"

„Sehr klug gedacht, darauf wäre ich nicht gekommen."

„Da sieht man wieder wie sie denken."

Erschrocken sah Inspektor Dupont Miß Hooks an. Diese erwiderte den Blick mit einem Lächeln und getrost legte sie ihm die Hand auf die Schulter.

„Entschuldigen sie ich hatte es nicht so gemeint."

Ihre Stimme klang weich und beruhigend.

„Ja, ja ich weiß sie haben es nicht so gemeint. Wie beginnen wir diese Sache gemeinsam? "

„Wir werden uns trennen. Sie übernehmen den Bekanntenkreis des Bankdirektors und ich werde mich ein wenig im Hospital umsehen."

„Wie soll ich den Bekanntenkreis des Direktors übernehmen? Ich kenne diesen ja nicht einmal?"

„Das ist ihre Sache, sie werden doch im Stande sein mit irgendwelchen Mitteln dies herauszubekommen, oder? Den Doktor müssen wir auch vernehmen."

„Den Doktor wollen sie auch vernehmen? Weshalb gerade den?"

Kopfschüttelnd sah sie ihn an.

„Sie sind vielleicht einer. Ich glaube sie halten mich für sehr dumm, dass ich ihre Fragerei nicht durchschaue? Weshalb kam der Mann in das Zimmer der Kranken, und wieso wollte sie den Namen nicht nennen?"

„Weil sie ihn nicht sagen konnte."

„Und weshalb konnte sie das nicht?"

„Weil sie Angst hatte, dass man sie deswegen umbringen werde."

„Wenn sie bedroht wird umgebracht zu werden, weshalb wendet sie sich dann nicht an die Polizei und bittet diese um Schutz?"

„Bedenken sie doch, sie hatte eine Gehirnerschütterung und konnte sich an nichts mehr erinnern. Sie hatte sogar mich nicht erkannt, als sie mit Doktor Lovangole und mir versuchte zu reden."

„Hat sie Mademoiselle Jannette jemals gesehen, oder hatten sie vorher mit ihr jemals gesprochen?"

„Nein, erst als ich das Zimmer betrat."

„Sehen sie, wie konnte sie dann wissen, dass sie von der Kriminalpolizei sind?"
Mit einem langen nachdenklichen Blick starrte Dupont in den Sand und nach einer ganzen Weile drehte er sich wieder zu Miß Hooks.
„So gesehen haben sie Recht. Sie hatte es erst erfahren, als sie Doktor Lovangole darauf aufmerksam machte."
„Sehen sie. Sie müssen bei diesem Fall systematisch vorgehen, sonst kommen sie auf keinen grünen Zweig."
„Aber wieso ist gerade Doktor Lovangole einer der Verdächtigen? Schwester Maria hat doch das Fenster geöffnet und nicht der Doktor."
„Aha die Schwester hat das Fenster geöffnet? So gesehen ist das etwas anderes. Dann ist sie ja auch nicht ganz unverdächtig."
„Also muss man auf sie ganz besonderes Augenmerk legen."
„Nicht nur auf sie, sondern auf jeden der in der fraglichen Nacht kein einwandfreies Alibi vorweisen kann", winkte sie mit der Hand ab.
„Einfach genial wie sie sich in diesen Fall stürzen, so als wäre es von Anfang an ihr Fall gewesen", musste Dupont zugeben.
„Sie zwingen mich ja zu diesem Schritt."
Erschüttert sah Dupont sie an.
„Ich? Sie zwingen? Das ist doch nicht wahr. Ich zwinge sie doch nicht."

„Das habe ich nicht so gemeint."
Ein Lächeln kam über ihre Lippen, während sie verlegen mit dem Gürtel ihres Bademantels spielte.
„Wissen sie Dupont, ich meinte damit, dass sie mich dazu regelrecht verführen."
„Das kommt auf dasselbe heraus", winkte Dupont ab.
„Wollen sie mit mir streiten, oder was ist mit ihnen plötzlich los?"
Röte stieg in Dupont's Gesicht. Wie ein kleiner Schuljunge, der das erste Mal eine schlechte Note heimbracht, sah er Miß Hooks an.
„Entschuldigen sie, aber ich konnte diese Niederlage nicht ertragen."
Dupont gab einen Stoßseufzer von sich.
„Was soll dieser Seufzer", fragte Caroline.
„Nichts Besonderes, ich bin nur froh, dass ich sie hier zufällig getroffen habe."
„Rein zufällig haben sie mich hier getroffen? Dies scheint mir jedoch nicht ganz zu stimmen."
Fragend sah er sie an.
„Wie meine sie das schon wieder?"
„Regen sie sich nicht gleich wieder auf, denken sie an ihr Herz, mein lieber Herr Dupont."
„Ja ich habe sie hier wirklich rein zufällig getroffen."

„Wie lieb sie das sagen, man könnte es fast glauben. Doch das mache ich nicht, denn ich kenne sie nämlich zu gut. Sie haben bestimmt in meinem Hotel, wo ich jedes Jahr absteige, nachgefragt, ob hier eine gewisse Miß Hooks eingetragen ist, und siehe da, Inspektor Dupont hat Glück. Jedoch muss er leider erfahren, dass ich nicht im Hotel sei, sondern zum Strand gefahren bin. Es gab nur eine Möglichkeit an welchen ich sein könnte, fährt natürlich nach, und siehe da, ich bin tatsächlich hier. Die ganze Geschichte mit dem zufälligen treffen ist erlogen! Sie beginnen auch schon zu lügen, haben Herr Inspektor das von seinen Verbrechern erlernt? Das bin ich gar nicht gewöhnt von ihnen."

Verlegen sah er sie an und die vorangegangene Röte stieg abermals in seinem Gesicht empor. Nervös suchte er eine Zigarette und zündete diese recht unkompliziert an.

„Es war nicht gelogen, nur eine kleine Notlüge, wie man so schön zu sagen pflegt und das sie mir ihre Hilfe anboten, das kam ganz alleine von ihnen. Ich hatte lediglich meinen Kummer erzählt", gab er verlegen zu.

„Sie wussten genau, dass ich nicht nein sagen werde. Nun lassen sie uns die heutigen Sonnenstrahlen noch genießen und beginnen wir den Fall morgen ganz neu, nach meiner Theorie."

„Ist Recht, Miß Hooks."

„Lassen wir das Miss Hooks, sagen sie doch einfach Caroline zu mir. Ich glaube wir kennen uns schon ziemlich lange."

„Wenn sie, pardon du meinst, dann musst du aber Louis zu mir sagen."

Mit einem kleinen Lächeln legte er sich zu ihr und blickte zum blauen Himmelszelt hinauf. Seine Gedanken waren von nun an nicht mehr hier.

„Was ist sie doch für eine liebe Mademoiselle. Ich bin doch ein kluger Fuchs, aber sie ist mir auf die Schliche gekommen. Sie ist doch schlauer als ich", dachte er vor sich hin.

Er war so vertieft, sodass er nicht einmal hörte dass Caroline auf ihn einsprach. Erst als sie ihm einen leichten Stoß gab fuhr er erschrocken in die Höhe.

„Sag einmal, schläfst du? Ich rede die ganze Zeit auf dich ein und du gibst mir keine Antwort. Was ist los mit dir? Bist du ganz in diesen Fall versunken, das du nicht einmal hörst, wenn jemand mit dir spricht?"

„Nein, nein ich habe nur über dich nachgedacht."

„Über mich? Was gibt es da nachzudenken. Passt dir vielleicht meine Nase nicht? Sitzt sie schief in meinem Gesicht?"

„Nein ich habe nur gedacht, dass du...." Sie ließ ihm den Satz nicht zu Ende sprechen, und legte sofort ihre Hand auf seinen Mund. „Sprich nicht weiter, so etwas darfst du nicht denken. Ich bin Engländerin und du Franzose. Unsere Auffassungen sind Grundverschieden. Merke dir das!"

„Wer sagt denn dass ich so etwas gedacht habe?"

„Du lügst ja schon wieder. Dir steht es im Gesicht geschrieben, dass deine Gedanken bei dieser Sache waren. Hast du dir das Lügen wirklich angewöhnt?"

„Du merkst einfach alles."

„Ich bin schließlich eine Frau, und ich spür so etwas eben. So nun lass uns gehen, mir wird allmählich kühl."

Sie standen beide auf und Caroline schwang sich ihren Bademantel über. Gemächlichen Schritt gingen sie nebeneinander und jeder ging seinen eigenen Gedanken nach. Inspektor Dupont war der Erste, welcher diese idyllische Stille, die nur das Rauschen des Meeres umgab, brach.

„Darf ich dich heute Abend zum Essen einladen?"

„Wie lieb von dir, Louis. Wohin führst du mich denn?"

„Wohin möchtest du? Ich überlasse es dir ganz alleine."

„Wie nett du auf einmal sein kannst. Wie wäre es mit dem **Restaurant de Souris**, oder mit dem **Restaurant de Amour Aventüre?**"

„Das bleibt ganz dir überlassen."

„Dann gehen wir in das Zweite, aber vorher würde ich noch gerne ein wenig das schöne Wetter genießen, lass uns ins Grüne fahren."

„Gut, dann lass uns noch ein wenig hinausfahren, später ziehen wir uns rasch um und treffen uns wo?"

„Sagen wir bei meinem Hotel."

„Gut, ich warte vor deinem Hotel."

Beide gingen gemächlichen Schrittes zu Duponts Wagen.

Ein paar Stunden von Paris entfernt, liegt ein kleines verschwiegenes, von Tannen bewachsenes, Wäldchen. Gemächlich gingen Dupont und Caroline, Hand in Hand, einen kleinen Waldweg welcher zu einer kleinen Hütte namens

   ,Waldschenke'

führte.

„Komm lass uns in dieses kleine niedlich anzusehende Häuschen gehen und etwas trinken", schlug Dupont vor.

Caroline sah ihn mit einem Lächeln an und nickte mit dem Kopf.

„Wenn du meinst, aber bitte nicht zu lange, sonst kommen wir zu spät zum Abendessen und du weißt wir haben morgen eine Menge Arbeit vor uns."

Dupont sah sie, mit fragender Miene an.

„Wie meinst du das?"

„Nun wir haben doch einige Verdächtige einzuvernehmen, oder hast du das schon wieder vergessen?"

„Ach so? Wen hast du denn schon in Verdacht?"

Seine Stimme klang verwundert und er hob die Augenbrauen.

„Ich meinte natürlich, diejenigen die schon in Verdacht kommen könnten", berichtigte Caroline sofort.

Dupont blieb stehen, drehte sich zu Caroline und sah sie verwundert an.

„Und wer ist das?" fragte er mit tiefer Stimme.

Caroline blieb ebenfalls stehen und schüttelte mit dem Kopf.

„Nach deinen Erzählungen zu urteilen, sind eine ganze Menge Verdächtige in diesem Fall."

„Also ich sehe das anders, der einzige welcher mir verdächtig vorkam, war dieser Bankdirektor. Jedoch dieser fällt bereits aus. Er wurde, wie ich dir bereits berichtet hatte, vor meinen Augen erschossen."

Caroline nickte, drehte sich von Dupont weg und beide gingen wieder den kleinen Waldweg entlang. Der Ruf eines Kuckucks war in der Ferne zu hören und ab und zu verschwand ein kleines Häschen hoppelnd in den Büschen. In der Ferne sahen sie bereits das kleine Häuschen und sie beschlossen ihren Weg dorthin fortzusetzen. Ohne ein Wort zu wechseln, betraten sie die Stube und sahen sich ein wenig um. Eine etwas faltige alte Frau blickte in ihre Richtung.

„Sie wünschen bitte", fragte sie etwas verwundert.

„Ist das hier eine Wirtsstube?" fragte Caroline die alte Frau.

„Nur eine kleine Imbissstube für müde Wanderer. Wenn sie etwas Essen möchten, kann ich ihnen nur eine Einbrennsuppe und Brot anbieten, mehr hab ich derzeit nicht fertig."

Dupont winkte mit der Hand ab und ging mit Caroline an einen der freien Tische.

„Wir möchten nur etwas trinken, mehr nicht, danke."

„Was wollen sie haben?" fragte sie die Beiden etwas mürrisch.

„Haben sie einen Rotwein?"

„Ja haben wir. Einen Hauswein kann ich ihnen geben."

Dupont und Caroline wunderten sich über die mürrischen Antworten, welche ihnen die Alte gab. Es sah so aus als ob es ihr nicht recht war, das sie gerade jetzt gekommen sind.

„Bitte jedem ein Viertel Hauswein. Du trinkst doch ein Viertel?" blickte Dupont, Caroline fragend an.

„Nein ich hätte lieber nur ein kleines Glas, wir haben doch heute Abend noch etwas vor", gab sie ihm zur Antwort.

„Gut dann bringen sie uns bitte ein Achtel und ein Viertel Rotwein", gab Dupont der Frau zu verstehen.

Latschend ging sie hinter die kleine schwarzgestrichene Holztheke, nahm eine Flasche mit Rotwein aus der Kühlung und schenkte jeden ein Glas ein.

„Ist schon irgendwie eigenartig wie mürrisch die Alte ist. Ob sie sich bei jedem der Gäste, welche hier Rast machen, so benimmt?"

Caroline zuckte mit einem Lächeln die Achseln.

„Vielleicht kamen wir gerade etwas ungelegen?"

Dupont hob die Augenbrauen und sah Caroline mit einem etwas fragenden Blick an.

„Du sprichst in Rätsel. Wie hast du das wieder gemeint?"

„Vorsicht sie kommt wieder zurück."

Etwas unbeholfen kam die Alte mit schleifendem Gang, in jeder Hand ein Glas haltend, an ihren Tisch zurück. Mürrisch stellte sie diese ab und sah Dupont und Caroline an.

„Sonst noch was?"

„Nein danke, wir sind wunschlos glücklich", gab Dupont mit einem Lächeln zur Antwort. Sie wischte sich, in ihrer etwas speckigen Arbeitsschürze, die Hände ab, drehte sich um und ging brummend in die Küche. Sie setzte sich, zu ihrem Sohn, an den Tisch und löffelte an ihrer Suppe weiter.

„Du Pierre, die Beiden da draußen kommen mir irgendwie eigenartig vor, ob die vielleicht gar von der…?"

Pierre legte seinen Löffel zur Seite und sah sie mit einem finsteren Blick an.

„Was du schon wieder hast, Mutter. Jedes Mal wenn Fremde in die Gaststube kommen, denkst du gleich sie sind von der Polente."

„Du hättest dich gar nicht in diese krumme Sache einlassen sollen."

„Jetzt ist es nun mal geschehen. Dass diese Frau dazwischen gekommen ist und ich sie angeschossen habe, hat keiner vorhergesehen. Und überhaupt hat uns niemand gesehen. Der Kommissar hat uns nicht eingeholt und so bleiben wir unerkannt."

„Hoffentlich gehen die Beiden recht bald wieder, denn ich habe so ein ungutes Gefühl und du weißt, wenn ich dies habe, täusche ich mich nie."

Sie legte ihren Löffel zur Seite, stand auf und ging wieder in die Gaststube hinaus.

„Alte Hexe", murmelte er ihr hinterher.

Ihm ließ es dennoch keine Ruhe, stand auf und riskierte einen Blick in die Gaststube. Als er jedoch beim Vorhang etwas hervor sah, fuhr er mit seinem Kopf gleich wieder zurück.

„Mensch, die Alte hat Recht. Das ist der Kommissar. Nur wer ist die Andere bei ihm? Die Alte muss sie abwimmeln, ich bekomme jeden Augenblick Besuch von meinen Freunden", dachte er bei sich.

Kopfschütteln kam seine Mutter wieder in die Küche zurück.

„Eigenartig, die beiden reden nur von einer gewissen Janette. Wer das wohl sein mag?"

Sie nahm einen der schmutzigen Töpfe in die Hand und stellte ihn in das fettige Abwaschwasser.

„Egal wer diese Janette ist Mutter, du musst schauen, dass die Beiden so rasch wie möglich wieder verschwinden! Meine Freunde werden jeden Augenblick auftauchen."

Sie sah ihn mit weitaufgerissen Augen an.

„Ja, deine Freunde! Schöne Freunde sind das, aber weshalb hast du es jetzt auf einmal so eilig, dass die Beiden das Lokal verlassen? Also stimmt mit ihnen doch etwas nicht."

Er packte sie an den Schultern und stieß sie zum Vorhang.

„Frag nicht so viel, sondern schaff sie hinaus!"

Sie schob den Vorhang zur Seite und latschte in die Gaststube.

„Darf ich bitte abkassieren, ich möchte schließen."

Etwas verwundert blickte Caroline zu ihr hinauf und bemerkte, dass Angst und Nervosität sich bei der Frau bemerkbar machten. Ihr Gefühl sagte ihr, dass hier irgendetwas nicht stimmte. Sie wusste zwar nicht was es war, aber der Gedanke ließ sie nicht los.

Dupont nahm seine Brieftasche aus seiner Jackentasche, bezahlte die Getränke und half Caroline in ihre leichte Weste. Schweigend verließen sie die Waldschenke. Als sie vor der Tür standen, drehte sich Caroline zu Dupont, sah ihn an und sein Blick verriet ebenfalls dass er bemerkte wie die Alte plötzlich nervös wurde.

„Ist dir aufgefallen, wie nervös sie auf einmal wurde?"

„Ja ich habe es bemerkt, mir fiel auch auf das ein Mann hinter dem Vorhang zur Küche stand und hervor sah. Als er uns jedoch bemerkte, fuhr er mit seinem Kopf gleich wieder ruckartig zurück."

„Das konnte ich nicht sehen, ich saß ja mit dem Rücken zur Küche", erwiderte Caroline, „mich lässt das Gefühl nicht los, dass hier etwas nicht stimmt, nur ich weiß nicht was es ist."

„Wir sollten wieder herkommen und uns ein wenig umsehen, was meinst du?"

Caroline nickte und beide gingen den Waldweg wieder zurück zu ihrem Wagen. Die Sonne gab, für den heutigen Tag ihre letzte Kraft von sich und langsam ging sie am Horizont unter. Bei ihrem Wagen angekommen, stiegen beide ein und fuhren zurück in die Stadt. Der Straßenverkehr hatte etwas zugenommen, denn jeder fuhr entweder vom Strand oder von der Arbeit wieder heim.

„Ich werde dich jetzt beim Hotel absetzen und in einer Stunde hole ich dich wieder ab."

„Ja, ich muss mich noch duschen und umziehen."

„Oh je das dauert dann sicher länger als eine Stunde."

Caroline drehte ihren Kopf ruckartig zu ihm und ihr Blick verfinsterte sich etwas. Er sah sie jedoch mit einem Lächeln an.

„War nicht so gemeint, aber ihr Frauen braucht immer eine Ewigkeit wenn ihr im Badezimmer seid", grinste er frech.

Sie gab ihm einen leichten Stoß in die Hüften und ihre Augen begannen zu funkeln.

„Das hätte ich jetzt lieber nicht sagen sollen", dachte er und legte seine Hand auf ihre Schenkel. Caroline nahm diese und führte sie wieder an das Lenkrad.

„Lass lieber deine Finger dort wo sie hingehören, sonst baust du noch einen Unfall!"

Ohne ein weiteres Wort zu reden fuhren sie den Rest der Strecke. Als sie bei Carolines Hotel ankamen, stieg sie aus und sah Dupont an.

„Also bis in einer Stunde, ich werde mich beeilen", lächelte sie ihn an.

Er nickte ihr zu und fuhr davon.

Das Restaurant de Amour Aventüre lag in der Ruè de Songe. Es war von außen ein kleines niedliches Häuschen mit lauter kleinen Herzen an der Eingangstür sowie an den Fensterläden. Oberhalb der Eingangstür war ein Schriftplakat auf dem geschrieben stand:

„AMOURNIDII"

das so viel wie *Liebesnest* heißen soll. Der Wagen des Inspektors, mit seiner charmanten Begleitung, hielten vor dem Parkplatzschild. Er half ihr galant aus dem Wagen. Sie hatte ein Brokkatkleid in Blau an, die Haare waren aufgesteckt und ein glitzerndes Halsband schmückte ihren nackten Hals. Inspektor Dupont konnte seine Blicke einfach nicht von ihr lassen.

„Darf ich dir ein Kompliment machen? Du siehst einfach hinreißend aus."

„Danke für diese Bemerkung, aber ich vertrage keinerlei Komplimente. Sie sind einfach zu schade für eine Frau wie mich."

Ein Lächeln lief über ihre roten Lippen und mit strahlenden Augen blickte sie ihn an.

„Du kannst einfach sehr gut Theater spielen, solltest Komödiant werden und nicht Kriminalinspektor bleiben."

Er sah ganz verwundert in ihr Gesicht, so als hätten ihm die Hühner das Futter weggefressen und vergaß dabei ganz, Caroline die Tür zu öffnen. Erst als er die Schwingtür auf die Nase bekam, sah er sich vorerst einmal um, und als er wieder bei Sinnen war folgte er geschwind seiner Begleitung. Caroline hatte bereits einen Tisch bestellt, so dass sie ganz ungestört einen Platz für zwei Personen bekamen, denn das Lokal war immer sehr gut besucht, so dass es ohne vorherige Reservierung, nicht möglich war einen Tisch zu bekommen. Und wirklich, es war gesteckt voll. Der Platz war in einer Ecke angebracht, welcher wie eine Loge wirkte und sie waren ganz für sich alleine. Umsonst hatte das Lokal nicht den Namen Liebesnest erhalten.

Als Inspektor Dupont den Logenplatz sah bekam sein Gesicht, welches durch die unverhoffte Konversation mit einer Tür böse und finster aussah, wieder eine freundliche Miene.

„Das hast du aber nett arrangiert. Ein Logenplatz für uns alleine?"

Ein gut gekleideter Kellner führte sie dorthin, brachte sofort die Speisen-, und Getränkekarte. Galant reichte er sie zuerst der Dame, und setzte sie dann Dupont vor.

Caroline überlegte sehr lange und genau was sie essen wird. Endlich legte sie die Karte aus der Hand. Der Kellner zog einen Block aus der Seitentasche und nahm einen Bleistift zu sich.

„Bringen sie mir als Vorspeise "Huitres", als Suppe "Potages ala Tortue' und als Hauptspeise "Fasian". Zum Dessert möchte ich gerne Pudding."

„Sehr wohl Madame, und der Herr?"

„Mir bringen sie dasselbe."

„Sehr wohl, und was darf ich den Herrschaften zu trinken bringen?"

„Champagner und zwar den Besten den das Haus zu bieten hat."

„Sehr wohl, bitte sehr, kommt gleich."

Rasch wandte sich der Kellner vom Tisch in Richtung Küche und anschließend zur Schank. Caroline sah Dupont fragend an.

„Nanu was ist denn los, du bestellst Champagner?"

„Warum nicht, hast du etwas dagegen?"

„Nein gar nicht. Aber welch' Anlass führt uns dazu?"

„Heute genau vor zehn Jahren haben wir uns das erste Mal getroffen. Hast du das denn vergessen?"

„Schon wieder zehn Jahre her, und ich habe dir erst heute das "Du Wort" angeboten? Gut Champagner."

Dupont war froh über diesen Entschluss und begann verschämt zu schmunzeln. Er nahm aus seiner Seitentasche ein Etui in dem sich Zigaretten befanden und bot Caroline eine an. Sie nahm diese dankend an sich. Ein Feuer blitzte aus einem goldenen Feuerzeug und Caroline sah sich verstohlen im Raum um. Dieses Lokal war nicht nur von außen niedlich anzusehen, sondern der Gast, der hier speiste, fühlte sich auch in den Räumlichkeiten recht wohl. Auf jedem Tisch standen Kerzen und rote Tischtücher überzogen, den sonst so gewöhnlich wirkenden Tisch, sehr verführerisch. Eigentlich war in diesem Lokal alles in roter Farbe gehalten. Angefangen von den schweren Samtvorhängen bis zur roten Speisekarte. Natürlich war damit nur der Umschlag gemeint. Ihre blauen Augen begannen zu leuchten als sich diese Behaglichkeit, welche dieser Raum von sich gab, in ihr Herz übertrug. Sie hätte sich fast dabei ertappt, dass sie ihre Hand zu Inspektor Duponts Hand hinübergleiten ließ. Dies wäre auch geschehen, wenn nicht gerade der Kellner den Champagner brachte. Dupont schien dies bemerkt zu haben, denn das Schmunzeln von vorhin glitt wieder über seine Lippen.

„Warum schmunzelst du?"

„Ach nur so."

„Du lügst ja schon wieder. Besteht denn dein Leben nur mehr aus Lügen? Seit wir uns am Strand so rein zufällig, wie du es zu sagen pflegtest, getroffen haben, habe ich von dir kein einzig wahres Wort gehört. Außer was vielleicht den Fall betrifft. "

„Du bist eine schlaue Person, dir kann man auch wirklich nichts vormachen."

„Dafür bin ich schon zu lange Agentin."

„Lassen wir heute das geschäftliche. Geben wir uns ganz dem Privaten."

Der Kellner kam mit der Champagnerflasche, nahm sie aus dem Kühler heraus und hielt sie Dupont vor das Gesicht. Dieser nickte zufrieden. Der Kellner nahm eine größere Serviette, versuchte den Korken aus der Flasche zu heben und mit einem lauten Knall befreit er diesen. Er schenkte zuerst Dupont ein. Dieser kostete, ließ den Champagner auf der Zunge zergehen und nickte zufrieden.

„Einfach super."

Der Kellner füllte nun Carolines Glas voll und goss anschließend auch Dupont nach. Mit einem leichten klirren stießen die Beiden ihre Gläser zusammen.

„Schon lange nicht mehr so einen schönen Abend wie heute gehabt."

„In England ist es nicht Sitte solche Abende ohne einen besonderen Anlass zu führen, aber hier in Frankreich scheint das Leben nur aus feiern zu bestehen. Ich muss schon sagen einfach herrlich und da kommt bereits das Essen."

Dupont warf einen Blick in Richtung Küche. Aus dieser kam der Kellner mit einem Servierwagen gefahren. Als Dupont vom Kellner weg sah streiften seine Augen einen

Mann und in diesem erkannte er Doktor
Lovangole.
„Und dort kommt Doktor Lovangole. Wie
aufgeregt er aussieht. Ich glaube aus dem
Abend wird wohl nichts. Mit dieser Miene
welche der auf hat."
Aufgeregt kam Lovangole auf den Tisch zu.
Sein Mantel schwang bei jedem Luftzug hin
und her.
„Inspektor Dupont, Inspektor Dupont."
Caroline gab Dupont einen kleinen Stoß in die
Seitengegend. Dieser sah sie verwundert an.
„Was willst du?"
„Sag bitte nicht, dass ich Agentin bin. Ich habe
nämlich etwas vor."
„Was hast du denn vor? „wollte er wissen.
„Das erkläre ich dir später."
Doktor Lovangole war endlich bei ihnen.
Keuchend blieb er vor Dupont stehen.
„Beruhigen sie sich erst einmal und dann
erzählen sie mir alles der Reihe nach, was der
Grund ist, der sie zu uns führt."
Er winkte dem Kellner und bestellte noch ein
Glas für Doktor Lovangole.
„Wieso wussten sie eigentlich dass wir hier
sind", fragte Caroline fast ärgerlich.
Doktor Lovangole sah sie starr an und sein
Blick wandte sich in Richtung Dupont.

„Oh ich hatte ganz vergessen sie bekannt zu machen. Das ist, Miß Caroline Hooks aus England, eine Bekannte von mir."

„Sehr erfreut, Doktor Lovangole."

Er nahm ihre Hand, hauchte einen Kuss darauf und Caroline erwiderte diese Geste mit einem Lächeln.

„Doch nun zur Sache. Ich hatte leider vergessen zu sagen, dass ich den Doktor verständigt habe wo ich zu finden bin, sollte etwas Außergewöhnliches vorfallen."

„Es tut mir aufrichtig leid sie doch stören zu müssen, aber es schien mir doch wichtig ihnen diese Mitteilung zu machen."

„Spannen sie mich nicht auf die Folter. Was ist geschehen?"

Doktor Lovangole nippte verlegen von seinem Glas, und sah dann mit fragenden Augen Dupont an. Er wollte eigentlich alleine mit ihm sprechen, aber seine Nerven waren schon so angespannt und er vergaß völlig, dass Miß Hooks neben ihnen saß.

„Er war schon wieder in Mademoiselle Janettes Zimmer, und dieses Mal war ich ebenfalls gerade bei ihr, da ich ihr eine Injektion verabreichen wollte. Ich konnte ihn vertreiben und stellen sie sich vor, mir war so als ob es dieses Mal kein Mann, sondern eine Frau war."

„Eine Frau?" wiederholte Dupont.

„Ja eine Frau."

Dupont drehte sich zu Caroline und sah sie an.

„Ich glaube wir müssen den Abend unterbrechen und ins Hospital fahren. Ich hoffe sie haben einen Wachtposten vor Janettes Zimmer platziert?"

Verlegen sah Doktor Lovangole den Inspektor an und schüttelt den Kopf.

„Nein ich hatte vor lauter Aufregung vergessen jemanden in das Zimmer zu geben."

„Dann müssen wir schnell handeln. Wenn diese Person wieder kommt und Janette in ihrem Zimmer alleine vorfindet, dann ist es um sie geschehen. Herr Ober, zahlen!"

Eilig lief der Kellner an den Tisch und sah beide etwas verwundert an.

„Aber ihr Essen, mein Herr? Sie haben ja noch garnichts angerührt."

„Wir haben leider keine Zeit dieses köstliche Mahl zu uns zu nehmen, aber ich schenke es ihnen und ihrem Kollegen. Es tut mir aufrichtig leid."

Der Kellner sah ihn verlegen an, nahm einen Block aus der Tasche und rechnete alles fein säuberlich zusammen. Inspektor Dupont bezahlte, stand eiligst auf und half Caroline in ihren Mantel. Er drehte sich zu Lovangole.

„Sie fahren bitte so schnell wie es nur geht ins Hospital zurück, begeben sich in das Zimmer von Mademoiselle Janette und passen solange auf bis ich komme. Lassen sie auf keinen Fall das Fenster auch nur für einen Augenblick aus den Augen! Haben sie mich verstanden?"

„Ja."

„Haben sie eine Waffe? Wenn ja, dann nehmen sie diese mit auf das Zimmer, aber bitte schießen sie nur im äußersten Notfall."

„Ist gut Herr Inspektor, ganz wie sie meinen, aber bitte beeilen sie sich."

Mit gesenktem Kopf ging Lovangole aus dem Lokal und Dupont wandte sich an Caroline.

„Jetzt erkläre mir bitte, warum durfte ich nicht sagen wer du bist und was hast du eigentlich vor?"

„Ich habe mir in den Kopf gesetzt, dass ich mich als Krankenschwester im Hospital anstellen lasse. Da kann ich in der Nähe des Opfers sein und kann gleichzeitig Beobachtungen machen. Verstehst du jetzt weshalb ich nicht wollte, dass du dem Doktor sagst wer ich bin?"

„Du bist einfach genial, aber wie willst du wissen, ob sie jemanden benötigen. Was willst du vorbringen das sie dich anstellen?"

„Das lasse nur meine Sache sein, du kümmerst dich um die andere Sache."

„Wie du meinst, aber jetzt lasse uns fahren sonst passiert vielleicht noch ein Unglück. Ich werde dich zum Hotel bringen damit du dich noch rasch umziehen kannst, denn ich denke nicht dass du in dem schönen Kleid ins Hospital fahren möchtest."

„Ja ich glaube es wird das Beste sein."

Beide verließen das Lokal und stiegen in den Wagen. Ihre Magen knurrten, dabei hatten sie sich schon so auf diesen netten Abend gefreut. Dupont ließ Caroline bei ihrem Hotel aussteigen und wartete auf sie im Wagen.

„Ich bin gleich wieder zurück, werde mich beeilen."

„Schon recht", gab er zu verstehen.

Dupont zündete sich in der Zwischenzeit eine Zigarette an. Gedankenversunken blies er den Rauch in die Luft. Nach geraumer Zeit kam Caroline wieder aus dem Hotel. Sie hatte einen schwarzen Lederanzug angezogen, welcher ihre Figur noch mehr zur Geltung brachte. Eiligst stieg sie zu Dupont in den Wagen und rasch fuhren sie Richtung Hospital.

Eine Stunde später trafen sie im Hospital ein und beide liefen bei der Ambulance vorbei. Schwester Angelika saß in ihrem Häuschen vor einem Glasfenster. Als sie Inspektor Dupont vorbeigehen sah, öffnet sie die Tür und rief hinaus.

„Herr Inspektor, Herr Inspektor, Doktor Lovangole wartet bereits auf Zimmer 306. Sie sollen sich beeilen, es ist äußerst wichtig."

„Ich weiß. Danke Schwester Angelika."

„Augenblick ich werde sie gleich bei Schwester Maria anmelden."

Sie nahm den Telefonhörer in die Hand und wählte die Nummer zu Schwester Marias Zimmer.

„Hier Schwester Angelika. Inspektor Dupont ist auf den Weg zu Doktor Lovangole."

Mit großen Schritten gingen Dupont und Caroline den Gang entlang. Sie musste in den zweiten Stock hinauf jedoch der Lift war besetzt und so blieb ihnen nichts anderes über als Stiegen steigen. Als sie im Hochparterre angelangt waren, hörten sie vom obersten Stockwerk lautes Stimmengewirr und beide blieben lauschend stehen.

„Wir müssen sie aus dem Weg schaffen!"

„Wen meinst du eigentlich?"

„Nun den Inspektor und Janette!"

„Ich habe den Inspektor beschatten lassen und sah das ihn Doktor Lovangole heute Abend in einem Lokal aufsuchte."

„Hat er etwas gemerkt?"

„Ich glaube nicht. Dupont war mit einer
Begleitung und ich habe den Verdacht in diese
ist er verknallt, da seine Blicke nur auf sie
gerichtet waren. Während Doktor Lovangole
kam, mit ihnen ein paar Worte wechselte,
haben sie Hals über Kopf das Lokal verlassen."
„Bemerkten sie dich?"
„Nein, ich bin vor ihnen hinaus und sofort hier
hergefahren um dir zu berichten. Weshalb
machen wir mit der ganzen Sache nicht
Schluss? Ich habe genug davon."
„Jetzt wo es erst interessant wird willst du
Schluss machen?"
„Du weißt was ich dir gesagt habe, wenn du
mich nicht aus dem Spiel lässt, dann gehe ich
zu Polizei, erzähl alles und flugs hast du
ausgespielt."
„Wie, du drohst mir? Überlege dir das genau!"
Dupont und Caroline verfolgten mit größter
Aufmerksamkeit dieses Gespräch und wagten,
um nicht entdeckt zu werden, kaum zu atmen.
Eng drückten sie sich an die Wand, nur so
könnten sie nicht gesehen werden, falls sich
jemand hinunterbeugen sollte.
„Da gibt es dann nichts mehr zu überlegen.
Gibst du mir jetzt die Hälfte oder nicht? Wenn
nicht dann werde ich Inspektor Dupont
anrufen und ihm alles sagen. Wenn ich auch

ins Gefängnis kommen sollte, das ist mir dann gleichgültig."

„Wie du meinst, aber besprechen wir alles morgen in der Waldschenke."

„Apropos dort waren sie auch schon, Pierre hat es mir gesagt."

Caroline sah Dupont an.

„Also doch wie vermutet die Waldschenke", flüsterte sie.

Dupont hielt ihr die Hand auf den Mund, da er Angst hatte, dass sie jemand hören könnte. Plötzliche Stille herrschte auf dem Stockwerk und Dupont dachte sie seien bereits gegangen. Sie wollten gerade ihren Weg fortsetzen, als Beide wieder die Stimmen vernahmen.

„Du willst also zur Polizei gehen, wenn ich das richtig verstanden habe?"

„Sollte ich nicht die Hälfte erhalte, werde ich es machen!"

„Ich werde mir das überlegen. Kam hier nicht vorhin jemand die Stiegen herauf? Mir war so als ob ich Schritte gehört hätte."

„Ich habe nichts gehört, jedoch wenn es dich beruhigt sehe ich kurz nach."

Schweigend ging der Mann zum Stiegen Geländer und wollte hinuntersehen. Als er sich ein wenig mit dem Körper vorbeugte, gab ihm die Frau einen starken Stoß. Schreiend stürzte er, wie eine Rakete, den Mittelschacht hinunter und mit einem dumpfen Knall landete er am Boden im Erdgeschoss. So schnell sie nur konnte lief die Frau zum Aufzug und verschwand in diesem. Dupont und Caroline liefen die Stufen hinauf.

„Geh inzwischen auf Zimmer 306, Caroline, ich werde versuchen die Frau einzuholen."

„Ist in Ordnung. Sei bitte vorsichtig."

Dupont nickte ihr zu, drehte sich um und lief die Stufen hinab. Als er unten angekommen war, stand bereits eine größere Menschenansammlung rund um den Toten.

„Kann denn niemand die Polizei rufen?", hörte man aus der Menge rufen

„Lassen sie den Toten bitte so liegen, ich bin von der Polizei. Hat jemand der Anwesenden eine Frau aus dem Aufzug steigen gesehen?"

Sie schüttelten mit dem Kopf.

„Nein der Aufzug ist hier gar nicht angekommen."

Er wandte sich an einem der herumstehenden Männer und bat ihn, er möge bitte so nett sein von Schwester Angelika das Morddezernat verständigen zu lassen und reichte ihm die Nummer seines Büros.

Rasch lief Dupont die Stufen wieder aufwärts und auf halben Weg kam ihm keuchend Caroline entgegen. Sie war außer Atem und rang nach Luft.

„Was ist Caroline?"

Sie blieb, tief luftholend, vor Dupont stehen.

„Der Doktor sitzt im Zimmer 306 und rührt sich nicht mehr."

Mit entsetztem Blick sah Dupont Caroline in die Augen und ihm schwante fürchterliches. Eilig liefen beide in das Zimmer und entdeckten den Doktor, mit weit aufgerissenen Augen, welche starr in ihre Richtung blickten, sitzend in einem Sessel. Dupont richtete seinen Blick zum Bett und stellte fest, das Janette sich in diesem nicht mehr befand.

„Wo ist Janette?"

„Der Mörder oder die Mörderin muss sie in seiner Gewalt haben."

„Vielleicht verwendet er sie als Druckmittel?"

„Uns ist doch niemand entgegen gekommen, wo mag er nur mit ihr hin verschwunden sein?"

Dupont wandte sich wieder zu Doktor Lovangole, beugte sich zu ihm hinab und vernahm einen bitteren Mandelgeruch. Als er etwas genauer hinsah, bemerkte er Einstiche in der Armvene.

„Lovangole wurde Blausäure injiziert! Lauf schnell zu Schwester Maria und hole sie bitte!"

Caroline drehte sich um, ging zur Tür und als sie bei dieser angelangt war, blieb sie ruckartig stehen.

„Wo befindet sich eigentlich Schwester Marias Zimmer?"

„Gleich wenn du den Gang hinunter gehst, rechts die zweite Tür."

Eiligen Schrittes lief sie den Gang hinunter. Nach einer Weile fand sie die besagte Tür, klopfte an und als sich niemand meldete, trat sie ganz einfach ein. Als sie im Vorraum stand merkte sie, dass sich niemand im Zimmer befand. Ohne sich darum weiter zu kümmern, drehte sie um und ging wieder zu Dupont.

„Schwester Maria ist nicht in ihrem Zimmer."

Dupont sah sie fragend an.

„Hat sie irgendeine Nachricht hinterlassen wo sie sich befindet?"

„Ich muss ehrlich gestehen, danach hab ich nicht geschaut, aber es sah nicht so aus. Zumindest sah ich fürs erste keinerlei Hinweise."

„Eigenartig. Sie verlässt doch nie ihr Zimmer ohne auch nur eine Nachricht zu hinterlassen wo sie sich gerade befindet."

Caroline überlegte nicht lange und sah Dupont an.

„Vielleicht wollte sie dieses Mal nicht, dass man weiß wo sie sich gerade aufhält und weshalb hat man Doktor Lovangole mit Blausäure vergiftet? Hat er etwas herausgefunden und musste deshalb sterben?

Du hast ja bemerkt wie aufgelöst er war, als er dich im Lokal suchte."

„Lass uns nochmals nachsehen, vielleicht finden wir doch einen Hinweis und anschließend sollten wir uns um das Verschwinden von Janette kümmern."
Eilig verließen sie den Tatort und begaben sich in Schwester Marias Zimmer. Sie fanden jedoch keinerlei Nachricht über den Aufenthalt von ihr.
„Schon eigenartig. Schwester Angelika hat doch mit ihr gesprochen."
Caroline sah in fragend an.
„Wann hat sie mit ihr gesprochen?"
„Als wir das Spitalsgebäude betraten meldete sie uns bei Schwester Maria an."
„Ist dir schon mal in den Sinn gekommen, dass es vielleicht gar nicht Schwester Maria gewesen ist, welche am anderen Ende der Leitung war, sondern der Mörder von Doktor Lovangole?"
„Wie kommst du jetzt auf diese Theorie?"
Sein Blick wirkte wie der eines Hundes, welcher bedauerte dass er etwas angestellt hatte.
„Wenn du ein wenig nachdenkst, eins und eins zusammen zählst, würdest du ebenfalls auf diese Feststellung kommen. Mich würde jetzt

nicht wundern, wenn wir Schwester Maria auch irgendwo tot auffinden."

Dupont sah sie mit weit aufgerissenen Augen an. Wenn er sich jetzt nicht im Spitalsgebäude aufhalten würde, hätte er gute Lust, sich eine Zigarette anzuzünden.

„Dann wird es das Beste sein, wir sehen uns ein wenig um."

„Wo wollen wir uns umsehen?"

„Blöde Frage, hier im Spitalsgebäude. Vielleicht stoßen wir noch auf ein paar Anhaltspunkte die uns weiterhelfen."

Dupont rieb sich mit den Händen über seine Augen. Man merkte dass ihn dieser Fall zu schaffen machte. Caroline klopfte ihn auf seine Schultern.

„Du wirst schon alt mein Lieber. Deine Gehirnzellen arbeiten nicht mehr so wie früher."

Mit einem Lächeln sah sie ihn an und merkte dass er ihr einen finsteren Blick zuwarf.

„Dann lass uns anfangen und hier nicht dumme Sprüche klopfen! Uns läuft die Zeit davon, der Mörder könnte in der Zwischenzeit das Gebäude verlassen haben!"

Caroline merkte, dass sie einen wunden Punkt bei Dupont erwischt hatte. Sogleich lenkte sie das Gespräch wieder auf den Fall.

„Wo fangen wir am besten an?" fragte sie.

„Ich denke wir sollten von unten anfangen, dann können wir gleich nachsehen, ob meine Leute eingetroffen sind und sich um den Toten im Stiegenhaus kümmern. Wenn wir nämlich von oben beginnen zu suchen, könnte uns der Mörder entwischen."

„Weshalb vermutest du, dass sich der Mörder noch im Haus aufhält?"

Dupont sah sie an.

„Als ich hinunter gelaufen bin, hatte sich bereits eine Menschenmenge vor dem Toten versammelt und ich fragte sie, ob jemand aus dem Aufzug gekommen sei. Sie verneinten dies jedoch mit der Begründung, es sei kein Aufzug hier angekommen, also folglich muss sich der Mörder noch im Haus aufhalten."

Während sie gerade im Begriff waren mit der Suche zu beginne, vernahmen sie einen Schuss in der unteren Etage. Rasch liefen sie die Treppe hinab und als sie unten ankamen, sahen sie Schwester Angelika blutüberströmt am Boden liegen. Mit flehendem Blick sah sie Dupont an und deutete mit der Hand in Richtung Ausgang.

„Hier entlang...sind sie...gerannt."

„Wer sie?"

„Janette...und...!"

„Wieso wissen sie es, und was wird in diesem Hospital gespielt?"

Er beugte sich zu Schwester Angelika hinab, jedoch gab sie keinen Laut mehr von sich und mit glasigen Augen starrte sie ihn an. Sein Blick richtete sich zu Caroline und sie wusste das Schwester Angelika tot war.

„Wieder ein Opfer mehr."

Er nickte ihr zu, streifte mit seiner Hand über Schwester Angelikas Augen, um sie zu schließen.

„Eines wissen wir jetzt. Der Mörder hat Janette in seiner Gewalt. Aber weshalb mussten deswegen zwei Menschen sterben?"

Dupont erhob sich und drehte sich zu Caroline.

„Du hast doch gehört, als wir im ersten Stock das Gespräch belauschten, dass sie Janette aus dem Weg schaffen müssten und Schwester Angelika war ihm auf der Flucht im Weg, also musste sie auch daran glauben."

Beide waren so in ihrem Gespräch vertieft, dass sie nicht sahen, wie ein Mann sie von oben aus beobachtete und das Gespräch von Dupont und Caroline belauschte.

„Wir müssen den Mörder finden, von dem wir nicht mehr wissen, als das er Janette in seiner Gewalt hat und ich glaube, dass er von weiteren Morden nicht zurückschrecken wird."

Rasch liefen Beide in die obersten Stockwerke und sahen in jedes der Zimmer nach. Als sie bei Zimmer 306 ankamen, um wieder nach

Doktor Lovangole zu sehen, war dieser verschwunden.

„Seltsam, als wir das Zimmer verlassen hatten, saß der Doktor doch tot in dem Stuhl und jetzt fehlt jede Spur von ihm. Er kann sich doch nicht in Luft aufgelöst haben?"

Sie blickten sich suchend im Raum umher, jedoch von Doktor Lovangole war nichts zu sehen und blickten verdutzt auf den leeren Stuhl.

„Er kann doch nicht so schnell verschwunden sein, vor allem war er doch tot. Schön langsam kommt mir diese Sache unheimlich vor."

Caroline tippte Dupont von hinten an und deutet mit der Hand auf den Boden. Eine leichte Blutspur zeichnete sich darauf ab.

„Hier ist jemand weggeschliffen worden. Folgen wir der Spur, vielleicht führt sie uns zu Doktor Lovangole."

Dupont schüttelte mit dem Kopf.

„Der Doktor hatte doch keine Wunde oder sonst irgendeine Verletzung, welche eine Blutspur hinterlässt."

„Es kann doch leicht möglich sein, dass sich die Leiche irgendwo, beim Abtransport, verletzt hat."

Dupont musste Caroline Recht geben und sie folgten der Spur. Sie gingen gerade um die Ecke, als ihnen Schwester Maria entgegen kam. Ihre Blicke trafen sich und sie wollte kehrt machen.

„Einen Augenblick Schwester, ich hätte da eine Frage an sie."

Ruckartig blieb sie stehen und machte eine Kehrtwendung.

„Und die wäre?"

„Wo waren sie die letzte halbe Stunde, wir haben sie nämlich gesucht?"

„Ich?"

„Ja sie!", fuhr Caroline sie energisch an.

„Ich war im dritten Stock, bei einem Patienten. Weshalb fragen sie?"

Dupont merkte, dass sie hinsichtlich nervös wurde und geschickt versuchte ihren Fragen auszuweichen.

„Können wir hinauf gehen und uns den Patienten einmal ansehen?"

„Das geht leider nicht."

„Weshalb ist das nicht möglich?"

„Weil, nun weil der Patient Ruhe braucht!"

Caroline sah Dupont mit einem Lächeln an und drehte sich wieder zu Schwester Maria.

„Gehe ich vielleicht recht in der Annahme, dass es sich bei dem Patienten um Doktor Lovangole handeln könnte?"

Schwester Maria sah sie mit einem fragenden Blick an.

„Doktor Lovangole? Wie kommen sie auf diese Vermutung?"

Sie begann merklich nervöser zu werden und ihre Augen trafen sich mit jenen von Dupont.

„Da wir Doktor Lovangole vor einer halben Stunde im Zimmer 306 tot aufgefunden hatten und jetzt ganz plötzlich verschwunden ist."

„Wie kann das möglich sein?" wollte Schwester Maria wissen.

„Das wissen wir nicht, deshalb haben wir sie jetzt danach gefragt. Könnte ja sein dass sie etwas gesehen haben, oder dass es sich, wie schon Miss Hooks vorhin erwähnte, bei dem Patienten um Doktor Lovangole handelt."

„Wie ich ihnen schon sagte, bei dem Patienten handelt es sich nicht um Doktor Lovangole, aber fragen sie doch Schwester Angelika, vielleicht hat sie ihn gesehen, oder sonst irgendetwas bemerkt."

„Schwester Angelika kann uns leider nichts mehr darüber berichten. Sie wurde vor einer knappen viertel Stunde erschossen."

„Erschossen? Von wem?"

„ Wir nehmen an, von demselben welcher Doktor Lovangole auf dem Gewissen hat. Ist nur eigenartig, dass sie von dem Schuss nichts mitbekommen haben. Dieser war im gesamten Gebäude zu hören."

„Tut mir aufrichtig leid, ich befand mich im dritten Stockwerk und habe nichts von einem Schuss gehört. Ich war anscheinend mit meiner Arbeit so intensiv beschäftigt. Haben sie sonst noch eine Frage oder kann ich mich wieder meiner Arbeit widmen? Ich habe für eine dringende Operation herzurichten."

Caroline sah Dupont an gaben ihr zu verstehen, dass sie zurzeit keine weiteren Fragen an sie haben. Schwester Maria machte kehrt und ging in Richtung Operationssaal.

„Einen Augenblick noch, Schwester Maria. Ich hätte doch noch eine Frage."

Sie drehte sich zu Dupont und sah in fragend an.

„Und die wäre?"

Ihre Stimme klang etwas ungeduldig.

„Weshalb haben sie keine Nachricht, wo sie sich befinden, in ihrem Büro hinterlassen? Sie machen es ja sonst immer. Und was mich noch brennend interessieren würde, wer ist, außer Doktor Lovangole, der diensthabende Arzt in diesem Haus?"

Caroline merkte, dass Schwester Maria auf jede Frage gefasst war, nur auf diese nicht. Ihre Mundwinkel begannen merklich zu zittern und ihre Stirn legte sich in Falten.

„Werde ich wohl in der Eile vergessen haben?" antworte sie dennoch rasch.

„Kann sein. Diese Antwort muss ich wohl oder übel in Kauf nehmen. Und die zweite Frage?"
„Derzeit ist nur Doktor Lovangole diensthabender Arzt in diesem Haus."
„Und für wen richten sie die Operation vor?"
„Diese wird morgen ganz zeitig in der Früh durchgeführt, von einem Doktor Gasto."
„Sobald er sich im Haus befindet, schicken sie ihn bitte zu mir, ich möchte ihn sprechen und jetzt können sie wieder an ihre Arbeit gehen."
Sie drehte sich um, ging eiligen Schrittes in den Operationssaal und schloss schweigend hinter sich die Tür.
Dupont richtete seinen Blick zu Caroline. Diese sah ihn an und strich sich dabei mit ihren Fingern über die Mundwinkel.
„Denkst du auch das was ich gerade denke?" fragte sie Dupont.
„Nach deinem Blick zu urteilen scheint es so."
„Mir gefällt an der ganzen Sache einiges nicht. Wir sollten Schwester Maria etwas mehr im Auge behalten. Was meinst du?"
„Denke ich auch, jedoch sollten wir uns jetzt mal um die beiden Toten kümmern."
Beide gingen nachdenklich den Gang entlang, als sie eine männliche Stimme aus einer dunklen Ecke ansprach.
„Wenn sie sich Ärger ersparen wollen so gebe ich ihnen den guten Rat, das Hospital so

schnell wie möglich zu verlassen und nicht
weiter nach Doktor Lovangole zu suchen!"
Ruckartig blieben sie stehen und drehten sich
um. Sie sahen jedoch nichts weiter als einen
dunklen Schatten und Dupont wollte einen
Schritt näher gehen um vielleicht etwas mehr
zu sehen.
„Bleiben sie dort wo sie sich gerade befinden
und kommen sie keinen Schritt näher!"
„Wer sind sie und was wissen sie?"
„Wer ich bin wird ihnen nicht viel weiterhelfen
und was ich weiß werde ich ihnen hier
bestimmt nicht erzählen, nur so viel, verlassen
sie auf den schnellsten Weg das Gebäude!"
„Wie meinen sie das?"
„So wie ich es ihnen gerade mitgeteilt habe!"
Ohne ein weiteres Wort zu verlieren ging der
Fremde, im Schatten der Wand, die Stiegen
hinauf. Verblüfft sah Dupont und Caroline dem
Schatten nach.
„Ich glaube wir sind hier genau richtig. Jetzt
lass uns aber hinunter gehen, meine Männer
werden sicher schon eingetroffen sein."
Beide gingen die Treppe hinab und als sie
unten angekommen waren, sahen sie bereits
Duponts Männer bei der toten Schwester
Angelika knien. Als Charly, Duponts Assistent,
den Inspektor sah, ging er ihm gleich entgegen.
„Etwas wichtiges gefunden?" fragte Dupont

„Bis jetzt noch nichts. Keinerlei Spuren sind vorhanden. Das Einzige was wir herausgefunden haben ist, dass die Tote aus nächster Nähe erschossen wurde. Es hat den Anschein, dass es eine Art Hinrichtung war."

„Eine Hinrichtung? Was meinen sie damit, Charly?"

„Nun nach der Einschusswunde zu urteilen, wurde die Tatwaffe direkt an die Brust gehalten, ehe abgedrückt wurde."

Schweigend sah Dupont zu Caroline und diese ging langsam auf ihn zu.

„Wenn ich das richtig verstanden habe, war Schwester Angelika im Wege, aber nicht so wie wir vorerst vermutet hatten, sondern auf eine andere Art und Weise und deshalb musste sie sterben."

„Das ist anzunehmen. Ich würde mal vorschlagen, dass wir die Nacht hier im Hospital verbringen, da ich die Vermutung habe, dass der Mörder wieder zurück kommt um Doktor Lovangole, der ja nach wie vor unauffindbar ist, zu holen."

„Du hast Recht. Wir sollten in Zimmer 306 übernachten, was meinst du?"

„Ich bin ganz deiner Meinung. In den meisten Fällen kehrt der Mörder an den Tatort zurück."

Dupont warf einen Blick zu seinem Assistenten, welcher gerade dabei war die Tote abtransportieren zu lassen.

„Charly, Miss Hooks und ich werden die heutige Nacht im Hospital verbringen. Sollte etwas wichtiges sein, wissen sie wo sie mich erreichen können. Veranlassen sie alles bezüglich der Obduktion!"

„Ist in Ordnung Inspektor, habe bereits die Gerichtsmedizin verständigt und ich gebe ihnen, sobald ich etwas in Erfahrung bringen konnte, bescheid."

„Sehr gut. So nun werden wir uns noch ein wenig im Gebäude umsehen, vielleicht finden wir doch noch Doktor Lovangole. Er kann sich ja nicht in Luft aufgelöst haben. Wir hören uns, Charly."

Beide verabschiedeten sich von ihm und gingen den Gang entlang. Es herrschte eine eigenartige Stille, so als ob sie die Einzigen in diesem Haus wären. Keiner der, vorhin herumstehenden Menschen, war zu sehen. Nur eine etwas zierliche Schwester kam ihnen entgegen. Schweigend ging sie an Caroline und Dupont vorbei, nahm in der Pförtnerloge platz und setzte die Arbeit von Schwester Angelika fort. Es wirkte so als ob nichts geschehen sei.

„Wir trennen uns jetzt Caroline. Ich werde mir den zweiten Stock vornehmen und du den dritten."

„Was hältst du eigentlich von der Drohung dieses Fremden?"

„Halten eigentlich nicht viel, dennoch sollten wir uns vorsehen."

„Frage mich schon die ganze Zeit, ob der auch etwas mit der Sache zu tun hat, oder ob er uns nur warnen wollte."

„Das werden wir hoffentlich bald herausbekommen."

Als sie im zweiten Stockwerk angekommen waren, trennten sich ihre Wege. Dupont öffnete eine Tür nach der Anderen, jedoch befanden sich dahinter nur Patienten, welche ihn verwundert anstarrten. Kurze Zeit später trafen sich Caroline und Dupont im vierten Stockwerk wieder.

„Und etwas interessantes entdeckt?", wollte Dupont wissen.

„Nein, und du?"

„Ich auch nicht."

„Frag mich nur, wohin Doktor Lovangole verschwunden ist."

„Das frage ich mich schon die ganze Zeit, denn dass ihn der Mörder hier rausgetragen hat, dafür war zu wenig Zeit und dann hätte er ja an uns vorbei kommen müssen."

„Also bleibt nur eines über, dass er sich noch im Haus befindet, aber nur wo? Irgendetwas haben wir übersehen, aber was?"
Nachdenklich blickte sich Caroline um.
„Wir sollten jetzt auf Zimmer 306 gehen und uns ein wenig ausruhen. Heute erreichen wir sicher nichts mehr."
Dupont gab ihr hinsichtlich recht, da er merkte, dass ihn die ganze Sache doch angestrengt hatte und ein wenig müde war.
„Genau lass uns auf das Zimmer gehen und uns ein wenig hinlegen. Vielleicht fällt mir etwas ein, was wir übersehen haben könnten."
Langsam begaben sie sich in das untere Stockwerk und betraten Zimmer 306. Ohne sich ihrer Kleider zu entledigen, legten sie sich auf die Betten. Nachdenklich starrte Dupont gegen die Decke und kurze Zeit später fielen ihm die Augen zu.

Die ganze Nacht herrschte Stille im Gebäude. Keine Silbe war zu vernehmen, nur ab und an hörte man Schritte am Gang vorbeigehen. Caroline und Dupont lagen schon eine ganze Weile in den Betten, als von draußen ein Schrei zu hören war. Durch diesen aufgeschreckt, sprangen beide aus den Betten und liefen auf den Gang hinaus. Dunkelheit umfing sie und es war nichts zu sehen.

„Ich werde nachsehen woher dieser Schrei kam. Bleibe du inzwischen auf dem Zimmer und warte auf mich."

„Bleib aber bitte nicht zu lange weg, es wird mir hier allmählich unheimlich."

Dupont sah Caroline mit einem Lächeln an.

„Du wirst doch nicht Angst haben?"

„Angst eigentlich nicht, aber dennoch musst du mir recht geben, dass es immer unheimlicher in diesem Hospital wird."

Dupont nickte, jedoch konnte Caroline sein nicken in der Dunkelheit nicht wahrnehmen.

„Bleib ganz ruhig auf deinem Zimmer und rühr dich nicht vom Fleck!"

Leise ging Dupont aus dem Zimmer den Gang entlang. Als er bei einer Tür, welche zu Zimmer 309 führte, einen Lichtstrahl unter dem Türspalt bemerkte, blieb er stehen.

Schleichend ging er zu dieser und lauschte in der Stille. Von innen waren Stimmen zu hören und eine von diesen kam ihm bekannt vor, jedoch wusste er im ersten Augenblick nicht, wohin er sie ordnen sollte. Er wollte schon einen Spalt die Tür öffnen als er eine Stimme sagen hörte.

„Legen wir sie doch gleich um, sie ist uns nur im Weg!"

Gerade wollte er die Türklinke in die Hand nehmen, als ihn ein Schuss aus Zimmer 306 zurückschrecken ließ. Eilig lief er wieder zurück, riss ruckartig die Tür auf und starrte in die Finsternis hinein.

„Caroline wo bist du?"

„Hier bin ich."

Er suchte mit der rechten Hand den Lichtschalter an der Wand und betätigte diesen. Caroline saß in der einen Ecke des Zimmers und hielt ihre Pistole in der rechten Hand.

„Bist du okay?"

„Ja mir ist nichts passiert."

„Was ist eigentlich vorgefallen?", fragte Dupont, sah sich im Zimmer um und konnte nichts Auffälliges entdecken.

„Mir kam so vor, als ob sich jemand im Zimmer aufhält und da habe ich geschossen."

„Hast du gesehen wer es war?"

„Nein es war ja, wie du bemerkt hast, dunkel im Zimmer."

Dupont sah sich abermals um und sein Blick richtete sich in Richtung Fenster, welches weit geöffnet war.

„Hast du das Fenster aufgemacht?"

„Nein. Weshalb sollte ich?"

„Jetzt ist es aber offen."

„Meinst du dass mich derjenige mit Janette verwechselt hat?"

„Scheint so."

„Dann muss es jemand gewesen sein, der nicht weiß, dass sie sich nicht mehr im Haus befindet."

„Aber wer könnte das gewesen sein? In Verdacht kommen viele, jedoch hat jeder ein Alibi."

„Nicht jeder."

„Wen meinst du jetzt?"

„Schwester Maria zum Beispiel. Weshalb durften wir nicht mit dem Patienten sprechen, der hätte ihr ein sicheres Alibi geben können."

Caroline nickte mit dem Kopf und gab damit Dupont in allen Dingen Recht.

„Ich werde morgen gleich einige Nachforschungen, was Schwester Maria betrifft, machen lassen. Übrigens ich habe vorhin auch etwas in Erfahrung bringen können."

Caroline sah in erwartungsvoll an.

„Welche Erfahrung?"

„Wie ich vorhin nachsehen gegangen bin, woher der Schrei kam, sah ich bei Zimmer 309 einen Lichtstrahl unter der Tür und Stimmen kamen aus dem Zimmer. Eine davon meinte dass sie Janette umbringen sollten, da sie ihnen nur im Weg ist."

„Janette umbringen?"

„Du hast richtig gehört, es war nicht weit von hier nur drei Zimmer weiter."

Dupont ging zum Fenster, blickte in die stockdunkle Nacht hinaus und machte eine seltsame Entdeckung. Auf dem Fenstersims lag ein Taschentuch. Er nahm es an sich und betrachtete es sehr gewissenhaft.

„Hier sieh einmal Caroline. Die Initialen welche das Taschentuch hat."

„Was soll an diesen so sonderbar sein?"

„Sieh einmal genauer hin. Das sind doch die Anfangsbuchstaben **M.CH.** Jetzt müssen wir noch herausfinden zu wem diese gehören. Ich werde noch schnell zum Zimmer 309 sehen, vielleicht kommt noch etwas Licht in die Sache von soeben."

„Diesmal komme ich aber mit", gab Caroline zu verstehen.

Beide verließen das Zimmer und begaben sich in Richtung 309, jedoch war dort nichts mehr zu vernehmen und das Licht war auch erloschen. Etwas enttäuscht gingen sie wieder zurück auf ihr Zimmer.

Nachdenklich legten sich beide wieder in ihre Betten und versuchten den Rest der Nacht ein wenig Schlaf zu finden. Dupont lauschte noch eine ganze Weile in die Dunkelheit bevor seine Augen ermüdend zufielen.

Der nächste Morgen begann wie jeder andere, doch bildeten sich schwarze Wolken am Himmel, welcher Regen versprach. Es war bereits neun Uhr, als Caroline die Augen aufschlug. Sie blickte sich um und merkte, dass Joe nicht mehr in seinem Bett lag. Sie erhob sich, schlüpfte in ihre Schuhe und begab sich zur Tür. Als sie diese öffnete sah sie eine große Menschenmenge am Korridor versammelt. Auch Inspektor Dupont war unter ihnen. Sie wollte sogleich zu ihm gehen, als er ihr auf halbem Wege entgegenkam. Sein Blick verriet ihr sofort, dass etwas Schreckliches geschehen sein musste.

„Was ist vorgefallen?" fragte sie neugierig.

„Es handelt sich um Mademoiselle Janette. Sie wurde heute Nacht ermordet. Wir hätten die restliche Nacht wach bleiben sollen, dann wäre das vielleicht nicht geschehen."

Caroline blickte ihn voll entsetzen an und schüttelte den Kopf.

„Mein Gott warum haben sie das gemacht, sie hat ihnen doch nichts getan? Nimmt denn dieses Morden kein Ende?"

„Wenn ich an die Worte denke, welche ich heute Nacht aus dem Zimmer 309 hörte, war es vorauszusehen. Sie war ihnen einfach im Weg und der Mörder muss wohl Angst gehabt haben, dass sie etwas wüsste, um uns auf seine Spur zu bringt."

„Aber welcher Mensch kann so viel Morde auf sein Gewissen nehmen?"

Dupont ging mit Caroline zu, der am Boden liegenden, toten Janette. Man brachte sie gerade in den Operationsaal, wo sie der Polizeiarzt kurz untersuchte. Nach einer Weile kam er wieder heraus, ging zu Dupont und schüttelte mit seinem Kopf.

„Das muss schon ein skrupelloser Mensch gewesen sein. So eine junge Frau und mit vierundzwanzig Messerstichen zu töten. Nur weil der Mörder annahm das sie rein zufällig gesehen hat, wie man versuchte in der Bank, wo sie beschäftigt gewesen ist, einzubrechen."

„Glaub das ist nicht alleine der einzige Grund. Es ist anzunehmen dass der Mörder vermutete, sie wüsste vielleicht etwas was ihm zum Verhängnis werden könnte."

„Ich lasse die Leiche in das Gerichtsmedizinische Institut bringen, wo wir sie noch genauer unter die Lupe nehmen. Sollte ein Kampf stattgefunden haben werden wir vielleicht ein paar Spuren finden und gebe ihnen diesbezüglich Bescheid. Ich hoffe sie fassen den Mörder bald."

„Das hoffen wir auch. Eine Spur haben wir bereits und dann habe ich ja noch Miss Hooks."

Er legte seinen Arm um ihre Schulter, gab dem Polizeiarzt die Hand und verabschiedete sich mit einem Lächeln.

„Der Tag fängt ja heiter an. Wir müssen so fest geschlafen haben, dass wir nichts von dem Ganzen hörten", gab Caroline zu verstehen, „hat sich eigentlich dieser besagte Doktor Gasto schon eingefunden?"

„Keine Ahnung, werde mich mal schlau machen und Schwester Maria aufsuchen. Übrigens müsste ich mal im Büro anrufen, die sollen ein paar Nachforschungen über sie machen."

Er ließ Caroline einen Augenblick alleine um ein Telefongespräch mit seinem Büro zu führen.

Fassungslos stand sie auf dem Gang und dachte angestrengt nach.

„Was geht hier eigentlich vor, was ist der Grund für diese sinnlosen Morde?", fuhr es ihr durch den Kopf.

Sie war so in ihren Gedanken versunken, dass sie nicht hörte wie Dupont hinter ihr stand. Erst als er sie ansprach kam sie wieder in die reale Welt zurück.

„Wo warst du jetzt mit deinen Gedanken?",
fragte er sie verwundert.

Sie drehte sich zu ihm und sah ihn an.

„Ich habe gerade darüber nachgedacht, was
der Grund für diese Morde sei, nur ich kann
mir keinerlei Reim daraus machen."

Er nahm sie kurz in seine Arme und drückte sie
an sich.

„Wenn ich mich zurück erinnere, so einen
schwerwiegenden Fall hatten wir noch nie."

Sie nickte mit ihrem Kopf.

„Nun lass uns Schwester Maria aufsuchen und
anschließend haben wir noch das
Verschwinden von Doktor Lovangole
aufzuklären."

„Lass mir bitte vorerst etwas Anständiges
anziehen, ich kann doch nicht so zu Schwester
Maria gehen."

Dupont blickte an Caroline hinab.

„So kannst du wirklich nicht gehen."

Seine Mundwinkel verzogen sich zu einem
Lächeln.

Eiligen Schrittes ging sie wieder in das Zimmer
und machte sich zurecht. Dupont warf in der
Zwischenzeit einen kurzen Blick beim Fenster
hinaus. Plötzlich sah er wie Schwester Maria
eilig das Haus verließ. Rasch ging er vom
Fenster weg, denn er sah wie sie sich
umdrehte.

„Caroline komm rasch! Wir müssen gehen."
Caroline drehte sich zu ihm, sah ihn
verwundert an und ging auf ihn zu.
„Was ist los?"
„Schwester Maria hat soeben das Hospital
verlassen. Folgen wir ihr unauffällig. Ich
möchte wissen wohin sie geht."
Caroline wollte einen Blick beim Fenster
rauswerfen, Dupont hielt sie jedoch zurück.
„Nicht hinaussehen, sie darf nicht merken,
dass wir sie gesehen haben."
Caroline zog ihre Schuhe an, nahm die
Lederjacke und beide verließen das Zimmer.
Sie liefen die Stufen hinunter, gingen an der
Anmeldung vorbei und folgten unbemerkt
Schwester Maria.
Zwei Straßen weiter stand ein schwarzer
Chevrolet und als Schwester Maria vor diesem
stehen blieb wurde das Seitenfenster
heruntergekurbelt. Ein Mann streckte den Kopf
heraus und Caroline konnte sein Gesicht
sehen.
„Mir kommt dieses Gesicht bekannt vor, nur
weiß ich im Augenblick nicht wohin ich es
ordnen soll."
Dupont sah sie an, jedoch ließ er keinen
Augenblick den Chevrolet aus dem
Augenwinkel.
„Denk nach, vielleicht fällt es dir wieder ein."

So sehr sie sich auch anstrengte, ihr viel es nicht ein. Sie merkten wie der Mann mit Schwester Maria einige Worte wechselte und kurze Zeit später stieg sie in den Wagen.
„Hast du vielleicht mitbekommen, was die Beiden miteinander redeten?"
Dupont drehte sich wieder zu Caroline.
„Nur Bruchstücke. Ab und zu fiel der Name Carabello, nur der sagt mir nichts."
„Carabello? Diesen Namen hab ich schon irgendwo gelesen."
„Was geht hier vor, wer ist das und was hat Schwester Maria mit diesem Mann zu schaffen?", ging es Dupont durch den Kopf. Caroline merkte an seinem Blick, dass er ernsthaft nachdachte. Sie unterbrach ihn recht ungern, aber es war noch so viel zu tun, deshalb gab sie Dupont zu verstehen dass sie wieder ins Hospital zurückgehen sollten.
Auf den Weg dorthin dachte Caroline nach woher sie den Namen Carabello kannte. Plötzlich blieb sie ruckartig stehen, nahm Dupont am Arm welcher sie fragend ansah.
„Was ist los?"
„Jetzt weiß ich wo ich diesen Namen schon mal gelesen habe. Auf einem Plakat in der Stadt. Zirkus Carabello gastiert doch hier."
„Was hat ein Zirkus mit dieser Sache zu tun?"

„Das weiß ich im Augenblick nicht, aber ich denke wir sollten ihn besuchen, vielleicht bringt er uns auf eine Spur."

„Dann gehen wir heute Abend hin und wir werden sehen was es auf sich hat."

Sie gingen wieder in Richtung Hospital und je näher sie dorthin kamen umso unheimlicher wurde Caroline der Anblick des Gebäudes.

„Eigenartig es sitzt keine Menschenseele in der Aufnahme. Wie ausgestorben wirkte das Hospital", bemerkte sie.

„Wir werden uns jetzt abermals im Gebäude umsehen, es muss doch irgendwo eine Spur von Doktor Lovangole geben. Am besten wir gehen wieder Etage für Etage ab."

So wie gestern sahen sie wieder in jedes der Zimmer, und außer dass sich Patienten darin befanden, war auch heute von Doktor Lovangole keine Spur vorhanden. Ihr letzter Blick widmeten sie dem Operationssaal, denn Schwester Maria hatte doch gestern für eine Operation hergerichtet und das wollten sie sich ansehen. Als sie den Saal betraten war nichts von einer bevorstehenden OP zu bemerken und auch von einem Doktor Gasto war weit und breit nichts zu sehen.

Als sie gerade aus dem OP wieder herausgingen, kam ihnen ein Krankenpfleger entgegen.

„Verzeihen sie, darf ich sie etwas fragen?"
sprach Dupont ihn an.
Der Pfleger blieb vor Dupont stehen und warf
ihm einen fragenden Blick entgegen.
„Können sie mir sagen ob ein Doktor Gasto im
Haus ist?"
„Doktor Gasto? Diesen Namen hab ich noch
nie gehört", war die rasche Antwort des
Pflegers.
„Danke mehr wollte ich nicht wissen. Sie
können wieder an ihre Arbeit gehen."
Kopfschüttelnd ging der Pfleger in eines der
Zimmer und schloss hinter sich die Tür.
„Hab ich es mir doch gleich gedacht dass es
diesen Doktor in Wahrheit gar nicht gibt."
„Ich habe das dumpfe Gefühl dass hier einige
mehr wissen als sie zugeben."
„Der Meinung bin ich schon lange und ich habe
die Vermutung, dass sich der Mörder nach wie
vor hier im Haus aufhält."
„Ich werde mal kurz im Büro nachfragen ob sie
schon etwas über Schwester Maria in
Erfahrung bringen konnten. Solltest dich in der
Zwischenzeit etwas frisch machen, damit wir
gleich losfahren können."
Caroline sah ihn an, nickte ihm zu und ging auf
das Zimmer um sich etwas anderes
anzuziehen. Dupont ging raschen Schrittes in
Richtung Telefonzelle und rief in seinem Büro

an. Als er wieder zurückkam, war Caroline bereits umgezogen und wartete voller Ungeduld auf ihn. Mit nachdenklichem Blick betrat er das Zimmer und sie merkte sofort, dass er etwas in Erfahrung bringen konnte. „Was haben sie gesprochen?" fragte sie voll Neugierde.

„Es ist etwas verwirrend was sie herausgefunden haben, nur kann ich mir noch keinen richtigen Reim daraus machen."

Sie sah ihn an und ihr Blick verriet dass sie darauf brannte alles zu hören.

„Nach ihren Nachforschungen war Schwester Maria verheiratet und nach ihrer Scheidung hat sie ihren ledigen Namen wieder angenommen."

„Mit wem war sie verheiratet?" wollte Caroline wissen.

„Das haben sie noch nicht herausfinden können", schüttelte Dupont mit dem Kopf.

„Also sind wir keinen Schritt weitergekommen."

„Nein", gab Dupont zur Antwort und in seiner Stimme machte sich Verzweiflung bemerkbar.

„Ich frage mich schon seit geraumer Zeit, was eigentlich der Mord an Bankdirektor Chevalier zu tun hat?"

„Das kann ich dir gerne beantworten. Es muss mit dem versuchten Bankraub zu tun haben, welcher ja durch die Alarmanlage vereitelt wurde."

„Vielleicht hast du Recht, dennoch denke ich, dass hier mehr im Spiel ist als nur dieser Bankraub. Das Puzzle lässt sich zurzeit nicht zusammensetzen, der Mord an Herrn Chevalier, dann an Janette und das mysteriöse Verschwinden von Doktor Lovangole, es passt einfach nichts zusammen."

„Wenn ich das richtig verstanden habe, fehlt uns noch der berühmte eine Stein?"

Dupont blickte sie mit einem Kopfnicken an.

„Vielleicht finden wir ihn heute Abend bei Carabello. Komm lass uns losfahren, damit wir nicht zu spät kommen, denke an den Abendverkehr."

Beide verließen das Zimmer, gingen die Treppe hinab, vorbei an der, komischerweise nicht besetzten, Anmeldung und stiegen in Duponts Wagen. Langsam fuhren sie den breiten Kiesweg, in Richtung Straße, entlang.

Schon von weitem vernahm man die laute Musik und in großen Leuchtbuchstaben sah man in der Ferne den Zirkus Carabello. Ein riesengroßes Zelt war aufgestellt und Wägen mit Tieren standen verstreut herum. Die Löwen und Tiger waren die Attraktion des Abends und die Kinder drängten sich bei den

Raubtieren ganz eng an die Absperrung. Aus einem der etwas kleinen Zelten vernahm man das Dröhnen der Elefanten und ein buntgekleideter Clown verteilte Süßigkeiten an die lachenden Kinder. Jedoch die ganze Aufmerksamkeit war seiner knallroten runden Nase, welche sich mitten in seinem Gesicht befand, gewidmet. Drückte eines der Kinder auf diese, entlockte es ihr ein quietschen. Es herrschte buntes Treiben vor und rund um das große Zirkuszelt. Wahrsager, Zauberer, Jongleure, Lama, Pferde, Zebra und Hunde ließen die Kinderaugen leuchten und bei diesem Anblick wurde sogar jeder Erwachsene wieder in seine Kinderzeit zurück versetzt. Dupont und Caroline parkten ihren Wagen am großen Parkplatz und begaben sich sogleich zur Kasse, an welcher eine lange Menschenschlange angestellt war.

„Ich werde für uns die Karten besorgen und du kannst dich ein wenig umsehen. Vielleicht fällt dir etwas Eigenartiges auf", gab Dupont Caroline zu verstehen.

Es trennten sich ihre Wege und Caroline mischte sich unauffällig unter die Menge. Ihr Blick wanderte aufmerksam in der Gegend umher, jedoch fiel ihr nichts auf, was ihre Neugierde beruhigen könnte. Als sie um das Zirkuszelt ging, kam ihr einer der Zirkusartisten entgegen. Er blieb stehen, sah sie an und ging auf sie zu.

„Verzeihen sie bitte, dieser Bereich ist für Zuseher nicht zugänglich.“

„Entschuldigen sie, das habe ich nicht gewusst, ich dachte nämlich es geht hier zu den Toiletten.“

Er schüttelte mit dem Kopf und deutete mit der Hand in die andere Richtung.

„Nein diese befinden sich gleich dort hinten, neben den Kassen.“

Sie drehte sich um, bedankte sich bei ihm und ging langsam wieder zurück um nachzusehen wie weit Dupont mit den Karten sei. Von weitem sah sie ihn bereits stehen und seine Blicke verrieten, dass er sie suchte. Als er Caroline entdeckte kam er ihr entgegen.

„Und etwas auffälliges entdeckt?“

„Nein nichts was uns vielleicht weiterhelfen könnte. Hinter das Zelt konnte ich nicht gehen, da ich aufgehalten wurde.“

„Dann lass uns die Vorstellung besuchen, vielleicht bringen wir doch noch etwas in Erfahrung.“

Beide gingen zum Eingang wo ein lustiger Clown ihre Eintrittskarte abriss und ihnen zeigte wo sich ihre Plätze befanden.

Dupont hatte welche in der vorderen Reihe ausgesucht und in der Hoffnung etwas zu entdecken schweifte sein Blick unauffällig in der Zirkusmanege umher. Jedoch fiel ihm nichts Ungewöhnliches auf. Es nahm alles seinen normalen Lauf. Die Kinder lachten beim Auftritt der Clowns und bei den Trapezkünstlern starrten alle mit weitgeöffneten Mund in die Zirkuskuppel. Ein Applaus nach dem Anderen folgte und nach einer dreiviertel Stunde war Pause. Dupont und Caroline gingen hinaus ins Freie um ein wenig frische Luft zu genießen, da es im inneren des Zeltes sehr stickig war.

„Joe, ich habe das Gefühl wir werden beobachtet. Hinter uns sitzen zwei Männer die starren immer zu uns hin."

„Wer sollte uns hier beobachten. Es kennt uns doch keiner."

„Das weißt gerade du. Und wenn uns jemand vom Hospital aus gefolgt ist? Wir haben lange genug herumgeschnüffelt."

Schweigend sah Dupont Caroline an, er griff in die rechte Seitentasche und holte eine Packung Zigaretten hervor. Seine Hand richtete sich zu Caroline.

„Möchtest du auch eine?"

„Danke, die kann ich jetzt gut gebrauchen."

Mit einem leisen Seufzer blies sie den blauen Dunst in die Luft. Ihr Blick wanderte zu den Wohnwägen welche an der rechten Seite standen. Kurz darauf gab sie Dupont einen leichten Stoß in die Seite.

„Siehst du, jetzt schaut er wieder zu uns herüber."

„Wer?"

„Der Mann dort beim Wohnwagen."

Sie deutete, ohne dass es dem Mann auffiel, in die Richtung. Als der Fremde ihre Blicke bemerkte, drehte er sich rasch um und ging eiligen Schrittes wieder in das Zirkuszelt.

„Gehen wir auch wieder hinein? Machen wir so, als ob wir nichts bemerkt hätten."

Arm in Arm gingen beide hinein. Der Fremde saß zwei Reihen hinter ihnen. Caroline ging mit Joe wieder an ihren Platz und während des Gehens flüsterte sie ihm etwas ins Ohr.

„Irgendwie kommt mir das Gesicht bekannt vor, dir nicht auch?"

„Eigentlich nicht."

„Wenn ich nur wüsste wohin ich es reihen soll."

Dupont warf einen kurzen Blick hinter sich und tat so als ob er einen Verkäufer mit Getränken suchte.

„Caroline, er ist weg!"

„Weg? Er war doch vorhin noch auf seinen Platz."

„Ja, aber als ich mich soeben kurz umdrehte war er nicht mehr zu sehen."

Ruckartig erhob sich Caroline von ihrem Platz, nahm Dupont bei der Hand und er blickte sie verwundert an.

„Was ist jetzt wieder los?", fragte er sie.

„Willst du die Vorstellung noch zu Ende sehen, oder möchtest du in unserem Fall ein Stückchen weiterkommen? Ich weiß nämlich jetzt wo ich das Gesicht schon einmal gesehen habe."

Ohne lange zu zögern erhob er sich ebenfalls von seinem Sitz und beide verließen die Vorstellung.

„Und wo hast du ihn gesehen?" fragte Dupont im Gehen.

„Heute morgen im Hospital. Als du bei der toten Janette gestanden bist, stand er genau mir gegenüber und als du mit dem Polizeiarzt gesprochen hast, ist er die Stufen hinuntergelaufen. Vorerst habe ich mir nichts dabei gedacht, aber als ich ihn jetzt gesehen habe ist mir alles wieder in den Sinn gekommen."

„Dann lass uns rasch zu unserem Wagen gehen, vielleicht holen wir ihn noch ein."

„Wenn wir nur wüssten wohin er gegangen ist? Er kann sich genauso gut auf dem Gelände aufhalten."

„Wenn ich mich erinnere hat doch Schwester Maria, als sie bei dem Chevrolet gestanden ist, den Namen Carabello erwähnt, oder nicht? Also denke ich mal er ist noch auf dem Gelände."

„Oder es ist ein Ablenkungsmanöver damit wir in die Irre geleitet werden. Lass uns lieber zurück ins Hospital fahren, mein Gefühl sagt mir dass wir dort die Lösung finden werden." Ohne lange nachzudenken gingen beide zu ihrem Wagen, stiegen ein und Dupont drehte den Zündschlüssel. Der Motor sprang an jedoch nach kurzer Zeit setzte er wieder aus. Dupont versuchte abermals zu starten aber es rührte sich nichts mehr.

Sein Blick richtete sich auf das Armaturenbrett und er merkte dass die Tankuhrnadel auf null zeigte.

„Caroline hier hat uns jemand das Benzin herausgelassen. Der oder diejenige wollten verhindern, dass wir ihm folgen."

„Dann lass uns nicht lange nachdenken, sondern laufen!"

Ihre Stimme wirkte hektisch und ungeduldig. Eiligst verließen sie den Wagen und setzten ihren Weg zu Fuß weiter. Es brannte in den Gassen nur spärlich die Beleuchtung, sodass kaum etwas zu sehen war. Rasch gingen sie des Weges, als sie plötzlich hinter sich Schritte vernahmen. Dupont gab Caroline einen leichten Stoß in die Seite und flüsterte.

„Dreh dich nicht um, wir werden verfolgt!"
„Vielleicht ist es dieser Mann aus dem Hospital."
„Kann leicht möglich sein, aber genau kann ich das nicht sagen. Könnte auch der Mörder sein."
„Gehen wir ein bisschen rascher und lass uns in der nächsten Seitengasse verschwinden, dann werden wir ja sehen ob wir verfolgt werden."
Eilig lenkten sie ihre Schritte in die nächstmögliche Seitengasse, stellten sich in eine der Hauseinfahrten und lauschten in die dunkle Nacht. Die fremden Schritte kamen immer näher und genau vor der Einfahrt, wo sich Caroline und Dupont versteckt hielten, blieb die dunkle Gestalt stehen. Ohne ein Wort zu sagen leuchtete in der Dunkelheit die Glut einer Zigarette auf.
„Inspektor Dupont?"
„Ja, ich bin Inspektor Dupont. Was wollen sie von mir und wer sind sie überhaupt?"
Dupont wollte einen Schritt nach vorn treten.
„Bleiben sie bitte wo sie sind! Mein Name sagt ihnen nichts. Kann ich mit ihnen ungestört reden? Es geht um Mademoiselle Janette."
Dupont nickte in der Dunkelheit.
„Was wissen sie von ihr?"
„Wer ist das neben ihnen?"

Fragend deutete er zu Caroline.

„Das ist Miß Hooks meine Assistentin. Nun sagen sie mir was sie über Mademoiselle Janette wissen?"

Der Fremde blies den Rauch in die Luft und trat einen kleinen Schritt näher.

„Mademoiselle Janette war die…"

Er konnte den Satz nicht zu Ende sprechen, denn aus der dunklen Nacht fiel ein Schuss und schwer getroffen fiel der Unbekannte zu Boden. Mit einem großen Sprung war Dupont bei dem Verwundeten. Erst jetzt sah er dass er den Mann kannte.

„Sie habe ich doch in der Waldschenke gesehen. Was wissen sie über Mademoiselle Janette!"

Schwer atmend sah der Mann Dupont und Caroline an.

„Ich kann ihnen nur den Rat geben, suchen sie den Mörder unter den Hospitalangestellten."

Seine Stimme wurde leiser und begann zu versagen. Dupont drehte sich zu Caroline und sah sie an.

„Lauf schnell zu einer Telefonzelle, ich habe vorhin eine auf dem Weg gesehen, und verständige den Ambulanzwagen. Vielleicht können wir den Mann noch retten, er weiß sicher mehr. Ich werde kurz nachsehen woher der Schuss kam. Beeil dich bitte."

Caroline nickte und machte sich eiligst auf den Weg. Dupont ging in die Richtung woher er den Schuss vernahm.

Nach zirka fünfzehn Minuten kam Caroline in Begleitung eines Sanitätswagens wieder an die Stelle zurück. Mit verdutztem Gesicht starrte sie auf den leeren Platz, wo vorhin der Verwundetet lag.

„Das ist doch nicht möglich, als ich zur Telefonzelle ging, lag hier noch der schwer Verwundete."

„Und jetzt ist er wieder nach Hause gegangen", lachte einer der Sanitäter.

Caroline sah ihn mit finsterer Miene an.

„Wollen sie sich über mich lustig machen?"

„Madam, sie müssen doch selbst einsehen, dass es ein Ding der Unmöglichkeit ist. Sie behaupten eine angeschossene Person hier zurückgelassen zu haben und jetzt ist sie nicht mehr vorhanden. Sie kann doch nicht aufstehen, weggehen und genauso wenig kann sie spurlos verschwinden."

„Vielleicht ist er oder sie um eine Decke gegangen, weil ihm kalt wurde", lachte der zweite Sanitäter.

Caroline wurde wütend.

„Seien sie nicht komisch. Ich muss doch wissen wo ich den Verletzten liegen gelassen habe!"

„Nun sehen wir nach, vielleicht können wir ihn noch einholen."

Lachend drehte sich der Sanitäter zu seinem Kollegen. Dieser tippte mit dem Finger an seine Stirn.

„Wenn wollen sie einholen?", fragte Caroline erbost.

„Ihren angeblichen Verletzten."

„Was heißt hier angeblichen? Ich habe hier einen Verwundeten zurückgelassen, oder denken sie das ich verrückt bin!"

Ihr Gesicht lief vor lauter Wut knallrot an.

„Vielleicht sind sie es doch, Madame. Sie haben sicher zu viel getrunken und als sie so nach Hause gegangen sind, haben sie rein zufällig einen Verwundeten hier liegen gesehen. Sie sind anschließend zur nächsten Telefonzelle gegangen um uns zu verständigen und jetzt sind wir hier, jedoch von der verwundeten Person ist weit und breit nichts zu sehen. Entweder sie ist nach Hause gegangen oder sie existiert nicht. Ich würde vorschlagen, gehen sie nach Hause und vergessen sie die ganze Sache."

„Sie sind doch nicht ganz bei Trost, wie kann ich nach Hause gehen, wenn ich genau weiß das vor wenigen Minuten hier eine schwer verletzte Person lag."

Ihre Stimme wurde immer energischer.

„Wenn sie nicht bald mit diesem Unsinn aufhören, sind wir gezwungen sie mit zunehmen und in einen Heilanstalt einzuweisen!"

„Sie halten mich also doch für verrückt, aber Moment ich kann es ihnen beweisen das ich die Wahrheit sage."

Sie ging einige Schritte weiter und blickte sich suchend um.

„Wo wollen sie hin und wie wollen sie es uns beweisen?"

„Einen Augenblick bitte! Joe wo bist du?"

„Wen rufen sie jetzt wieder? Ist das die vermeintliche Person?"

Caroline drehte sich zu den Sanitätern und warf ihnen einen verachtenden Blick zu.

„Das ist nicht die vermeintliche Person, sondern Inspektor Dupont von der Kriminalabteilung. Wir versuchen einige Morde zu klären und er ist, während ich sie anrief, die Person suchen gegangen welche den Schuss abgegeben hat."

„Jetzt kommt noch jemand in das ganze Spiel? Wissen sie eigentlich wer ich bin?"

„Was soll diese Frage jetzt wieder? Sicher weiß ich wer sie sind. Ich habe sie doch gerufen!"

„Darf ich ihnen jetzt noch eine Frage stellen? Wer sind sie überhaupt?"

Caroline stellte sich vor ihm hin und ihre Geduld war langsam am Ende.

„Ich bin Miß Caroline Hooks aus Los Angelos und Agentin des FBI."

„Wenn sie Agentin des FBI sind, dann bin ich der Kaiser von China."

Er lachte hellauf und sein Kollege begann ebenfalls zu lachen. Jetzt war Caroline mit ihrer Geduld am Ende, griff in die rechte Tasche, holte einen Ausweis hervor und hielt ihn dem verdutzten Sanitäter unter die Nase. Schweigend nahm er diesen in seine Hand und betrachtete ihn lange.

Erst jetzt merkte er dass er sich geirrt hatte und gab Caroline den Ausweis wieder zurück.

„Ich muss mich bei ihnen wohl entschuldigen, Miß Hooks. Ich kann jedoch noch immer nicht verstehen wohin ihr angeblich Verwundeter verschwunden ist. Die ganze Sache wird mir allmählich zu hoch."

In diesem ganzen Durcheinander merkten die Beiden nicht, dass sich der zweite Sanitäter wieder in den Ambulanzwagen zurückgezogen hatte. Mit wachsamem Auge, und offenem Ohr, beobachtete er alles vom Wagen aus. In diesem Augenblick kam Inspektor Dupont vom Park gelaufen.

„Guten Abend die Herrschaften. Haben sie den Verwundeten schon erstversorgt. Wir sollten ihn so rasch wie möglich ins Hospital bringen!"
Caroline ging sofort auf ihn zu und er merkte dass irgendetwas nicht stimmte.
„Wo warst du, Joe? Ich habe dich gerufen."
Er nahm sie an den Schultern, sah ihr in die Augen und beruhigte sie vorerst.
„Ich habe einen Geheimgang gefunden, aber sag mir was ist geschehen? Ich merke es an deinem Gesichtsausdruck, dass irgendetwas vorgefallen ist."
„Ich habe dich gerufen da ich deine Hilfe gebraucht hätte. Der Verwundete ist, so wie Doktor Lovangole, spurlos verschwunden."
„Verschwunden sagst du? Das kann es doch nicht geben."
„Ja und diese Herren dachten ich bilde mir das alles nur ein und ich sei verrückt."
Er wandte sich an den Sanitäter, sah ihn mit finsterer Miene an und reichte ihm ebenfalls seinen Ausweis.
„Aber meine Herren, wie können sie solche Behauptungen aufstellen?"
„Wir haben uns bereits bei Miss Hooks entschuldigt."
Caroline unterbrach mit einer heftigen Handbewegung, diese sinnlose Unterhaltung.

„Lassen wir dieses Thema. Wir müssen jetzt herausfinden, wohin unser Mann verschwunden ist. Er kann sich nicht einfach in Luft auflösen, von alleine weggehen konnte er auch nicht, also was schließen wir daraus?"

„Entweder war er gar nicht verwundet, sondern diese ganze Sache war nur ein Ablenkungsmanöver und als wir uns trennten, hatte der Mann diese Situation ausgenützt um sich aus dem Staub zu machen, oder er wurde weggeschafft."

Unglaubwürdigen Blickes sah Dupont sie an. „Das hätten wir eigentlich merken müssen, denn du warst doch nicht lange weg."

„Offenbar lange genug und diese Zeit hat dem Mann oder dem Schützen gereicht."

„Wenn er weggeschafft wurde, waren es sicher mehr, denn für einen alleine war er viel zu schwer."

„Richtig also müssen es mindestens zwei gewesen sein die ihn weggebracht haben. Nur frage ich mich wie haben sie ihn weggeschafft, ich habe weder einen Wagen noch sonst was vernommen?"

„Was hat der Mann doch gleich zu uns gesagt? Wir sollten den Mörder im Hospital suchen, also worauf warten wir noch, lass uns dort hinfahren. Hier können wir ohnehin nichts mehr erreichen."

Dupont drehte sich zum Sanitäter und sah ihn an.

„Könnten sie uns bitte zum Hospital mitnehmen? Unser Wagen hatte gestreikt."

„Selbstverständlich nehmen wir sie mit, Herr Inspektor. Sie müssen jedoch hinten Platz nehmen, falls es ihnen nichts ausmacht."

„Keinesfalls, wir sind froh wenn wir so rasch wie nur möglich ins Hospital kommen."

Beide stiegen rückwärts ein, nahmen auf der Liege platz und machten es sich, so gut es ging gemütlich. Mit Geheul fuhren sie in die dunkle Nacht hinein.

„Wie war das doch gleich vorhin, du hast einen Geheimgang gefunden?"

Dupont nickte.

„Ja. Dir ist doch sicher aufgefallen, als ich wieder gekommen bin, dass ich aus einem Gebüsch hervortrat. Ich bin, während du zur Telefonzelle gerannt bist, geradeaus weitergegangen und als ich an der nächsten Biegung stand, merkte ich wie sich, in kurzer Entfernung, ein Kanaldeckel schloss. Ich bin natürlich sofort hin, sah nach und stieg hinab."

„Hast du jemanden gesehen?", fragte sie neugierig.

„Eben nicht. Ich habe mich selbst gewundert, jedoch war niemand zu sehen. Also bin ich geradeaus weiter gegangen und kam nach geraumer Zeit an eine Abzweigung. Jetzt wusste ich nicht in welche Richtung ich gehen sollte. Ich entschied mich rechts weiter zu gehen und kam zu Stufen. Als ich diese hinauf stieg, stand ich dann vor euch. Begegnet bin ich die ganze Zeit niemandem und hab auch nichts vernommen."

„Caroline schüttelte den Kopf.

„Schon sehr seltsam, dass sollten wir uns morgen etwas genauer ansehen."

„Gut, aber vorerst müssen wir uns noch einmal im Hospital umsehen, wir haben sicher irgendetwas übersehen, was von äußerster Wichtigkeit ist und uns weiter hilft."

„Ich werde mir Schwester Maria etwas genauer unter die Lupe nehmen", gab Caroline zu verstehen, „ sie kommt mir nicht ganz astrein vor."

„Okay und ich werde mich um das Verschwinden von Doktor Lovangole noch genauer kümmern."

Nach kurzer Zeit kamen sie beim Hospital an. Dunkelheit umhüllte das Gebäude und im ganzen Haus brannte kein Licht. Leichte Gänsehaut machte sich, bei diesem Anblick, an Caroline bemerkbar. Sie hatte schon einiges erlebt, aber dieses Haus kam ihr irgendwie unheimlich vor. Bei jedem ihrer Schritte knarrte der grobe Kiess unter den Füssen und

ein leichter Wind wehte ihnen ins Gesicht.
Rasch schritten sie an der Anmeldung vorbei
als eine Nachtschwester ihren Kopf hob und
sie ansah.

„Sie wünschen bitte?"

Caroline flüsterte zu Dupont.

„Lass mich mal machen, ich hab da eine Idee."
Sie drehte sich zur Schwester und blickte sie
an.

„Wir möchten gerne Doktor Lovangole
sprechen."

Fragend spähte die Nachtschwester auf die
Uhr, welche hinter ihr an der Wand hing.

„Um diese Uhrzeit?"

Caroline nahm ihren Ausweis aus der Tasche
und hielt ihn der Schwester unter die Nase.
Diese warf einen kurzen Blick darauf und ihr
Gesicht nahm eine rötliche Farbe an.

„Was haben sie denn Schwester?", fragte
Dupont, „ist ihnen nicht gut, oder stimmt
etwas nicht?"

Energisch schüttelte sie mit dem Kopf.

„Nein, nein, mir geht es ausgezeichnet. Es ist
nur, ich hatte noch nie etwas mit der
Kriminalpolizei zu schaffen."

„Wir wollen auch nichts von ihnen, zumindest
noch nicht, wir möchten nur Doktor Lovangole
sprechen", unterbrach Caroline die Beiden.

„Einen kurzen Augenblick bitte."

Sie nahm den Telefonhörer in die Hand, schloss die Glasscheibe, sodass Dupont kein Wort verstehen konnte und wählte eine Nummer. Kurze Zeit später wandte sie sich wieder an die Beiden.

„Es tut mir leid, aber Doktor Lovangole möchte nicht gestört werden, sie mögen bitte zu einer christlicheren Zeit kommen und nicht um zwei Uhr morgens."

„Sagen wir lieber, Doktor Lovangole befindet sich nicht im Hospital. Wir wissen nämlich dass er seit gestern verschwunden ist!"

„Ich habe doch soeben…"

„Sie haben soeben mit jemanden gesprochen, aber der oder diejenige war nicht Doktor Lovangole!"

„Bitte gehen sie zu Schwester Maria und überzeugen sie sich selbst davon."

„Das werden wir auch machen, wir haben sowieso mit Schwester Maria einige Worte zu reden und vielleicht später auch mit ihnen. Auf Wiedersehen."

Er drehte sich auf seinen Absätzen um, wandte sich zu Caroline und beide betraten, gefolgt von den verwunderten Blicken der Nachtschwester, das Gebäude. Kaum waren sie in diesem verschwunden, nahm sie abermals den Hörer zur Hand und wählte eine Nummer.

„Schwester Maria? Hier Schwester Beate. Ich konnte den Inspektor leider nicht aufhalten. Sie sind jetzt beide auf den Weg zu ihnen. Nein ich habe kein Wort gesagt."

Sie lauschte angespannt in den Hörer.

„Ist in Ordnung, Schwester Maria, ich werde sofort alles veranlassen."

Schweigend legte sie den Hörer in die Gabel um ihn gleich wieder in die Hand zu nehmen und einen neue Nummer zu wählen.

Inspektor Dupont und Caroline gingen durch den langen Korridor. Alles wirkte so, als ob das Hospital ausgestorben war. Plötzlich vernahmen sie ein Klirren hinter sich und blieben ruckartig stehen. Es hörte sich an, so als ob etwas Leichtes zu Boden gefallen sei.

„Was war das? Hier ist doch jemand."

Beide drehten sich um.

„Wer da?"

Niemand rührte sich und kein Laut war zu hören.

„Bleib hier stehen, ich sehe nach was das soeben war. Rühr dich nicht von der Stelle ich bin gleich wieder zurück!"

„Ja Joe, aber beeil dich, dieses Haus wird mir von Tag zu Tag immer unheimlicher."

„Nicht nur dir", gab ihr Dupont zu verstehen.

Er verschwand hinter der nächsten Ecke.

Caroline stand stocksteif auf einem Fleck, und

so merkte sie nicht, dass sich eine Gestalt von hinten näherte. Plötzlich lagen Hände um ihren Mund. Sie wollte gerade noch schreien, jedoch kam sie nicht mehr dazu. Nur ein erstickendes Murmeln drang von ihren Lippen. Sie verspürte einen dumpfen Schlag auf ihren Kopf und sackte in sich zusammen. Schleifend zog die Gestalt, Caroline aus dem Sichtbereich. Nur wenige Minuten später kam Dupont von seinem Rundgang zurück an die Stelle.

„Ich konnte nichts Ausfindig mache, Caroline." Er blickte sich in dem dunklen Flur um, aber er konnte Caroline nicht sehen.

„Verdammt, was geht hier vor? Jetzt kann ich Caroline auch noch suchen, dabei hab ich ihr ausdrücklich gesagt sie soll sich nicht vom Fleck rühren."

Er ging den Flur entlang und riss jede Tür auf, jedoch vergebens, Caroline blieb verschwunden. Als er gerade weiter gehen wollte, merkte er eine Gestalt im dunklen. Diese blieb in sicherer Entfernung vor ihm stehen.

„Inspektor Dupont, ich rate ihnen verlassen sie dieses Haus und lassen sie die Dinge so wie sie sind, sonst sehen sie ihre Kollegin nie wieder! Haben sie mich verstanden?"

„Wer sind sie und wo ist Miss Hooks?"

„Wer ich bin, geht sie nichts an und was ihre Kollegin betrifft, sie befindet sich in unserer Gewalt und nun verschwinden sie!"

Dupont versuchte in der Dunkelheit die Gestalt auszunehmen, aber beim besten Willen gelang es ihm nicht. Auch die Stimme konnte er niemand zuordnen. Eines jedoch wusste er, es war ein Mann. Vorsichtig versuchte er sich diesem zu nähern.

„Bleiben sie wo sie sind, sonst müsste ich etwas machen, was sie vielleicht später bereuen!"

„Eines möchte ich jedoch vorher noch wissen. Was ist mit Doktor Lovangole geschehen?"

„Er hat zu viel gewusst, deshalb mussten wir ihn außer Reichweite bringen."

„Was heißt das und vor allem was meinen sie mit ‚wir'?"

„Ich will damit sagen, dass er jetzt kein Wort mehr von sich geben kann und wer wir sind, dass versuchen sie lieber gar nicht heraus zu finden. Sie wissen was auf dem Spiel steht!"

„Soll das bedeuten, dass Doktor Lovangole tot ist?"

„Genau ein kleiner Unfall so zu sagen. Vielleicht kann ein Arzt in der Nacht nicht einschlafen, steht auf, nimmt sich eine Beruhigungsspritz und wie schnell kann es da passieren, dass man eine Überdosis erwischt."

„Sie meinen wohl das in der Spritze Blausäure war, die man ihm vorher hingelegt hatte."

„Sie können es nennen wie sie wollen. Wenn sie nicht bald verschwinden, wird es ihrer Kollegin genauso ergehen."

Ehe es Dupont verhindern konnte, war der Mann aus seinem Blickfeld verschwunden.

„Wie komme ich hier nur wieder ungesehen herein? Ich muss Caroline finden und herausbekommen was hier vor sich geht", dachte er im Hinausgehen.

Als er an der Anmeldung vorbei kam merkte er, dass diese unbesetzt war. Er wagte es jedoch nicht wieder umzukehren, da er fühlte, dass man ihn beobachtete. Langsam ging er den Park entlang und seine Gedanken waren bei Caroline. Plötzlich fiel ihm der Geheimgang wieder ein, welchen er in der Nacht entdeckt hatte und ohne lange zu überlegen machte er sich auf den Weg dorthin. Lauschend sah er sich um ob ihn niemand gefolgt war. Als er sich vergewissert hatte, hob er langsam den Kanaldeckel, stieg hinab und schloss den Einstieg wieder. Kälte stieg ihn ihm empor. Kein Laut, außer dem Tropfen eines Wassers, war zu hören. Dupont nahm eine Taschenlampe aus seiner grauen Manteltasche heraus und ließ den Lichtstrahl aufblitzen. Es war nur ein spärliches Licht, welches sie von sich gab, aber es genügte Dupont. Vorsichtig stieg er die Leiter hinab und als er seinen Fuß am Boden aufsetzte, sprang quietschend eine Ratte vorbei und erschrocken zog er ihn wieder in die Höhe. Schweißperlen standen ihm auf der Stirn. Langsam ging er den Gang entlang und leuchtete jede Ecke aus. Als er an der Abzweigung angekommen war, richtet er vorsichtig den Lichtstrahl in den einen Gang hinein, welchen er heute Morgen nicht gegangen ist. Dieser endete in einer Biegung und Dupont ging weiter. Seine Gedanken waren bei Caroline und erst jetzt stellte er fest dass er sie liebte.

„Hoffentlich finde ich sie noch lebend", dachte er.

Während er ging, begann er die Toten zu zählen, welche es in diesem unheimlichen Fall bereits gab.

„Zuerst der Bankdirektor, dann dieser unbekannte Mann vom Stiegen Gelände, Doktor Lovangole, Janette, Schwester Angelika und zu guter Letzt dieser Mann vom Waldhäuschen. War dieser Mann eigentlich wirklich tot? Bis jetzt waren es sechs Personen und alles hat mit einem harmlosen Bankeinbruch begonnen. Ich muss diesen Fall jetzt bald klären, sonst gibt es vielleicht noch ein paar Leichen."

Er war ganz in seinen Gedanken versunken als er einen Schlag auf seinen Kopf verspürte. Bewusstlos fiel er auf den nassen Boden.

Benommen kam Dupont wieder zu sich und sah sich um. Er stellte fest dass er sich in einem Raum befand, welchem einem Krankenzimmer sehr ähnlich sah. Verschwommen vernahm er in der einen Ecke eine weibliche Gestalt. Als sein Blick klarer wurde, sah er dass es die Nachtschwester von vorhin war. Sie schien zu schlafen. Sein Kopf schmerzte und Dupont wollte sich mit der einen Hand darüber fahren, musste jedoch feststellen, dass er gefesselt an einem Stuhl saß. Als er versuchte die Fesseln, mit ein paar ruckartigen Bewegungen, etwas zu lockern, ging eine Tür auf und ein Mann betrat den Raum. Dupont richtet den Blick auf ihn und stellte fest, dass es sich um einen der Sanitäter aus dem Park handelte. Er ging auf Dupont zu, nahm ihn an den Haaren und sah ihn in die Augen.

„Ich habe sie gewarnt Herr Inspektor, aber sie wollten einfach nicht hören."

„Was ist mit meiner Kollegin? Wo ist sie?"

„Ihre bezaubernde Kollegin befindet sich in diesem Haus. Ihr geht es soweit gut, nur keine Angst."

„Was wird mir ihr geschehen?"
Er ließ den Kopf von Dupont wieder los und
trat einen Schritt zurück.
„Das hängt ganz von ihnen und ihrem
verhalten ab."
Er deutet auf Schwester Beate, welche sich in
der Zwischenzeit aus ihrem Stuhl erhoben
hatte.
„Schwester Beate wird sie vorübergehen
bewachen."
„Ich bin also ihr Gefangener."
„Aber, aber Herr Inspektor wie kommen sie auf
so etwas. Sie sind vorübergehend unser Gast."
„Behandeln sie ihre Gäste immer so?"
Er machte mit seinen gefesselten Händen eine
Bewegung.
„Dies ist nur eine Vorsichtsmaßnahme. Wir
können ja nicht wissen, wie sie sich verhalten,
wenn wir sie frei lassen."
„Sie meinen wohl ich würde hinter ihr
Geheimnis kommen, wenn sie mich nicht
fesseln."
„Das meine ich nicht nur, dessen bin ich mir
sicher. Solange sie aber hier sind, kann ich ganz
beruhigt sein. Wenn sie auch nur einen Schritt
aus diesem Raum machen, dann wird ihre
Kollegin, diese Gestalt von einem Mann,
welcher sich Dupont nennt, nicht mehr lebend
sehen."

„Soll dies eine Drohung sein, oder was wollen sie damit andeuten?"

„Das ist keine Drohung, sondern eine Feststellung. Wenn sie vielleicht denken sie können hier herumschnüffeln, dann haben sie sich gründlich getäuscht. Ich werde sie jetzt alleine lassen, jedoch sei ihnen das Eine gesagt, ungesehen können sie diesen Raum nicht verlassen. Unsere Augen sind überall, dies sollten sie bisweilen begriffen haben. Schwester Beate wird sie, wenn ich den Raum verlassen habe, von ihren Fesseln befreien, bedenken sie aber genauestens was sie machen."

„Schwester Beate nehmen sie unserem Gast die Fesseln ab und geben sie auf Herrn Inspektor gut acht."

„Ist recht, Pierre."

„Wer hat dir gestattet, in Gegenwart des Inspektors, meinen Namen auszusprechen."

Schallend landete eine Ohrfeige auf ihrer rechten Wange.

„Sehr interessant. Pierre heißen sie also. Das muss ich mir merken. Danke Schwester Beate für diesen Hinweis."

Wutentbrannt verließ Pierre den Raum. Kaum hatte er die Tür hinter sich geschlossen drehte Schwester Beate den Schlüssel und sperrte diese ab Schweigend steckte sie ihn in ihre

Manteltasche und nahm, wie ihr geheißen, Dupont die Fesseln ab.

„Falls sie auf dumme Gedanken kommen, dann kenne ich kein Pardon. Wenn ich auch eine Frau bin."

Sie hielt ihm eine Pistole vor sein Gesicht und fuchtelte wie wild damit umher.

„In diesem Hospital kann mich nichts mehr erschüttern, auch eine Frau mit einer Pistole in der Hand nicht. Ich weiß inzwischen mehr als sie vielleicht ahnen. Wenn ich ihnen nun sagen, dass ich bereits herausgefunden habe, wer der Anführer dieser Sache ist, was würden sie dazu sagen?"

Er rieb sich an seinen Handgelenken, welche ganz rot von den Fesseln waren und sein Kopf hatte aufgehört zu schmerzen. Keine Sekunde ließen ihn Schwester Beates strahlenden blauen Augen, aus ihrem Blickfeld. Sie gab ihm auf seine Frage keine Antwort, sondern legte die Pistole griffbereit auf den Tisch. Dupont setzte sich zum Fenster und starrte hinaus. Der Himmel hing voll dunkler Wolken und stellte fest, dass er in einem der älteren Trakte untergebracht war. Sein Blick richtete sich genau an die Stelle, wo sich die Aufnahme befand.

„Weshalb sind eigentlich sie in dieser Sache verwickelt, Schwester Beate und vor allem welche Rolle spielen sie?"

„In welcher Sache, wovon sprechen sie eigentlich?"

„Stellen sie sich nicht dümmer, als sie ohnehin schon sind. Sie wissen ganz genau wovon ich rede."

„Ich weiß von nichts."

„Dupont sah sie mit einem verachtentenden Blick an.

„Das hat man ihnen so eingeredet, falls man sie fragen sollte, dass sie von nichts wissen. Dieses Spiel kenne ich zur Gänze. Ich meine das Verschwinden, besser ausgedrückt, das Ermorden von sechs Personen."

„Ich habe ihnen bereits gesagt, dass ich von nichts eine Ahnung habe!"

Ihre Stimme wurde immer energischer, je mehr sie Dupont darüber ausfragte.

„Wo waren sie zum Beispiel gestern Nacht?"

„Weshalb wollen sie das wissen?"

„Nun, meines Wissens sind sie doch Nachtschwester. Ich habe sie jedoch heute das erste Mal gesehen."

„Ich war einige Tage auf Urlaub und hab erst heute wieder meinen Dienst angetreten. Überhaupt, wie kommen sie dazu mir hier Fragen zu stellen? Sie haben hier keinerlei

Ausfragungen zu tätigen, haben sie vergessen, dass sie unser Gefangener sind?"

„Ich dachte ich bin ihr Gast?"

Er vernahm wie ein Schlüssel umgedreht wurde und ein Mann betrat, mit einem Tablett in der Hand, den Raum.

„Hier ist ihr Abendessen. Wünsche Herrn Inspektor guten Appetit."

Noch ehe sich der Mann wieder umdrehte, landete ein Faustschlag in seinem Gesicht und fiel benommen zu Boden. Schwester Beate reagierte nicht rasch genug und so konnte Dupont hinaus fliehen und hinter sich die Tür absperren. Vorsichtig schlich er den Gang entlang, da er sich erst zu Recht finden musste. Bei jeder Ecke blieb er stehen und lauschte in den Flur hinein. Kein Laut war zu vernehmen. Rasch verließ er das Gebäude und begab sich in den anderen Trakt.

„Jetzt muss ich nur noch herausfinden, wo sich Caroline befindet. Wenn ich sie gefunden habe, dann können wir den Fall lösen", dachte er.

Vorsichtig ging er an der Anmeldung vorbei, denn er hatte von oben gesehen, dass sich eine Schwester in dieser befindet.

„Jetzt werde ich zuerst einmal einen Besuch bei Schwester Maria machen", war sein erster Gedanke.

Geradewegs führte ihn sein Weg zum ehemaligen Zimmer von Doktor Lovangole, in der Hoffnung, dass sich Schwester Maria im Vorraum aufhalte. Ohne anzuklopfen betrat er diesen, jedoch war das Zimmer leer. Er begann sich ein wenig im Vorraum umzusehen und als er den Ordinationsraum betreten wollte, war dieser verschlossen.

„Was haben sie hier zu suchen, Inspektor?"

Ruckartig drehte er sich um und sah Schwester Maria in die Augen, welche ihm einen Revolver unter die Nase hielt.

„Was sie hier zu suchen, habe ich sie gefragt?"

„Sie, Schwester Maria!"

„Und was wollen sie von mir?"

„Ich wollte sie fragen, wo sich meine Kollegin befindet?"

Nach wie vor sah er in den Lauf des Revolvers.

„Ihre Kollegin befindet sich hinter dieser Tür, welche sie soeben versuchten zu öffnen. Nur leider sind wir nicht so dumm wie sie vielleicht annehmen. Wir haben sofort gewusst, als sie Jules niedergeschlagen hatten, wohin sie gehen werden. Leider sind sie abermals im Dunklen getappt."

„Eins zu null für sie Schwester Maria."

„Und jetzt gehen sie vor mir her. Wir werden einen kleinen Spaziergang unternehmen.

Jedoch ich warne sie, irgendwelche Tricks und sie wissen was dann geschieht."

Dupont ging vor ihr her und Schwester Maria hielt ihren Revolver schussbereit hinter ihm.

„Einen kurzen Augenblick, Schwester Maria."

„Was gibt es?"

Mit einer raschen Fersendrehung drehte sich Dupont um und schlug ihr den Revolver aus der Hand. Sekundenschnell hatte er ihn aufgehoben und hielt ihn nun ihr unter die Nase.

„So und nun folgen sie mir in diesen Raum und werden meine Kollegin befreien!"

„Das werde ich nicht!" schrie sie ihn an, so dass es jeder hören konnte.

„Oh doch mein Täubchen, denn mir wurde in den letzten Stunden so einiges klar."

Er winkte mit dem Revolver zur Tür aus welcher sie gerade gekommen waren.

Widerwillig ging Schwester Maria mit. Kaum hatten sie den Vorraum betreten, schloss Dupont hinter sich ab.

„Jetzt kann uns niemand mehr stören und nun schließen sie auf!"

Sie nahm einen Schlüssel aus ihrer Manteltasche und schloss die Tür zum Ordinationsraum auf.

„Los gehen sie voraus, denn ihnen traue ich nicht mehr über den Weg!"

Folgsam und den Revolver im Rücken ging Schwester Maria in den Raum. Wenn Blicke töten könnten, dann wäre Dupont nun das siebente Opfer.

„Caroline wo bist du?"

Er konnte im dunklen Raum nichts erkennen, nur ein Murmeln kam aus der einen Ecke. Dupont knipste das Licht an, jedoch ließ er dabei Schwester Maria keinen Augenblick aus den Augen. Erst jetzt sah er Caroline an einem Sessel, mit geknebeltem Mund, gefesselt sitzen.

„Los befreien sie Miss Hooks!"

„Niemals!"

„Gut dann werde ich es machen, und sie erzählen mir anschließend eine kleine Geschichte."

Er ging zu Caroline, löste ihre Fesseln und nahm ihr den Knebel aus dem Mund.

„Ach Joe ich dachte schon du kommst nie."

„Nun ist ja alles wieder gut."

Er gab ihr einen Kuss. Dabei beobachtete er Schwester Maria aus seinen Augenwinkel.

„Und nun zu ihnen."

Er drehte sich zu Schwester Maria und sah sie mit einem fragenden Blick an.

„Haben sie mir nichts zu erzählen, oder soll ich es?"

„Wüsste nicht was ich ihnen zu erzählen hätte."

Ihr Gesicht strahlte eine Härte aus und ihre Lippen bebten vor Wut.

„Dann bleibt mir nichts anderes über als ihnen etwas zu sagen. Sie stecken hinter diesen ganzen Morden und hinter diesem Bankraub."

„Das müssen sie mir erst beweisen."

Höhnisch lachte sie auf.

„Das brauch ich ihnen gar nicht erst beweisen, da ich es ganz genau weiß."

„Woher wollen sie das wissen?"

„Nun ich habe erstens das Taschentuch mit ihren Initialen."

Er griff in seine Manteltasche und holte das besagte Taschentuch hervor.

„Jetzt frage ich sie, weshalb haben sie Mademoiselle Janette und all die anderen umgebracht?"

„Ich sage ihnen überhaupt nichts. Sie müssen mir erst alles beweisen."

„Einen Augenblick, ich habe da jemanden der wird es mir sicher sagen können."

Er ging zur Schranktür, riss diese auf und griff ruckartig hinein.

„Guten Morgen mein Herr. Sie haben aber den Weg recht gut geschafft."

Etwas verdutzt stand der Mann vom Park vor ihnen.

„Idiot!", schrie ihn Schwester Maria an.
Sie ging zu ihm und schlug ihm die flache Hand
in sein Gesicht.
„Wie kommt er überhaupt in den Schrank?",
fragte Caroline.
„Das kann ich dir schon sagen. Der zweite
Gang, ich meine jetzt den Geheimgang von
dem ich dir berichtete, führt genau in diesen
Raum und in einige andere auch."
Wutentbrannt ging Schwester Maria auf und
ab. Immer wieder versuchte sie einen Weg zu
finden, wie sie aus dieser Sache herauskomme.
Sie wollte in einem unbeobachteten
Augenblick zum Schrank gehen und diesen
betreten, jedoch Dupont war darauf
vorbereitet und fasste sie am Arm.
„Schön hiergeblieben mein Täubchen, so
schnell sind wir nicht mit dem verschwinden.
Wir werden diesen Raum alle gemeinsam
verlassen und zwar mit der Polizei. Ich habe
nämlich, ehe ich diesen Trakt betrat, meine
Kollegen angerufen und dabei so einiges über
sie in Erfahrung bringen können, Schwester
Maria."
Plötzlich kamen Schwester Beate, Jules und
Pierre aus dem Schrank heraus.
„Du Maria, der verdammte Inspektor ist
verschwunden!"

„Der verdammte Inspektor, wie sie ihn so schön nennen, befindet sich hier. Jetzt haben wir alle beisammen und nun erzählen sie mir die ganze Geschichte von Anfang an. Weshalb haben sie diese ganzen Morde gemacht, oder soll ich es ihnen sagen?"

„Ich habe zu dieser ganzen Sache nichts zu sagen!"

„Nun gut, wie sie wollen, dann werde ich ihnen eine kleine Geschichte erzählen und sie sagen mir dann ob ich Recht habe oder nicht."

Dupont ging zum Tisch, setzte sich auf diesen und schlug seine Beine übereinander. In der Hand immer den Revolver auf alle Beteiligten gerichtet.

„Sie sind Maria Chevalier, die geschiedene Frau von Direktor Chevalier, dem Bankdirektor. Deshalb die Initialen auf dem Taschentuch **M.CH.**, welches ich auf dem Fensterbrett zu Mademoiselle Janettes Zimmer gefunden habe. Ihr Mann hat sich vor Jahren von ihnen scheiden lassen und sie gingen beim Scheidungsprozess leer aus. Sie kamen danach auf den Gedanken seine Bank auszurauben. Vorerst haben sie ihm Drohbriefe geschickt, in welchen sie ihm diesen Bankraub mitteilen mussten. Gleichzeitig haben sie ihm gedroht dass, falls er sich an die Polizei wendet, sie ihn ermorden lassen. So blieb die ganze Sache vorerst geheim, bis an den Tag, wo sie versuchten die Bank auszurauben. Sie haben nicht damit gerechten, das ihr geschiedener Mann in der Zwischenzeit eine Alarmanlage einbauen hat lassen. Später haben sie in Erfahrung gebracht, dass, die angeschossene Mademoiselle Janette, die Geliebte ihres Mannes ist und sie der Grund ihre Scheidung war. Der Bankraub war missglückt und jetzt kam die Rache. Sie erschossen ihren Mann, als er sich mit mir in Verbindung setzte und später ließen sie Mademoiselle Janette ermorden. Jedoch eines verstehe ich nicht, welches Spiel hat Doktor Lovangole und dieser Mann im Flur des Hospitales in der ganzen Sache gespielt und weshalb haben sie sterben müssen? Können sie mir diesbezüglich weiterhelfen?" Schweigend und mit einem verachtenden Blick sah Schwester Maria Dupont an.

„Jetzt wo sie alles wissen gebe ich mich geschlagen und leugnen hilft da nicht mehr. Ich habe Doktor Lovangole aus dem Weg schaffen lassen, da er mir gedroht hat, er gehe zur Polizei um alles zu erzählen, sollte ich ihn nicht heiraten. Der Mann vom Stiegen Gelände war mein Bruder, er wurde mir lästig und hat mich erpressen wollen."

Es war ein klopfen an der Tür zu vernehmen. Dupont stand auf, ging hin und öffnete diese.

„Nur herein meine Herren, wir haben alle hier versammelt. Leichter konnte es gar nicht gehen, sie brauchen nur noch die Handschellen anlegen und ab mit ihnen."

Keiner der Anwesenden leistete nicht den kleinsten Widerstand. Caroline ging zu Dupont, sah ihn mit leuchtenden Augen an und gemeinsam verließen sie den Raum. Als sie am Korridor ankamen, gab Schwester Maria dem Polizisten einen Stoß in die Seite, lief zum Stiegen Geländer und stürzte sich hinab. Mit einem dumpfen Aufprall landete sie im Erdgeschoss. Inspektor Dupont und Caroline liefen hinunter. Sie gingen sofort zu Schwester Maria welche schwer Verletzt am Fliesenboden lag. Blut rann ihr aus Ohren, Nase und Mund. Sie sah Dupont in die Augen und Tränen liefen über ihre Wangen. Jetzt merkte Dupont, dass sich in dieser harten Schale auch ein weicher Kern befand.

„Ich bereue keines meiner Taten...nur will ich in kein Gefängnis...verstehen sie mich?"

Ihre Stimme wurde immer leiser und ein Lächeln kam über ihre Lippen. Kurz darauf schloss sie ihre Augen für immer.

Dupont sah Caroline an.

„Für sie ist es das Beste, sie wäre aus dem Zuchthaus nie wieder herausgekommen. Jetzt haben wir sieben Tote in diesem Fall."

Schweigen gingen Dupont und Caroline in den Park. Die anderen waren bereits in den Wägen verfrachtet worden und Dupont gab den Fahrern einen Wink, dass er fahren kann. Der Leichenwagen war inzwischen verständigt worden, welcher Schwester Maria abholte. Schweigend stiegen beide in ein Taxi und fuhren in das Kommissariat. Dies war wohl der unheimlichste Fall welchen Dupont und Caroline gemeinsam lösten. Das dachten sie, denn sie konnten jetzt noch nicht ahnen, dass ihr nächster Fall noch viel unheimlicher wird.

ENDE

Herstellung und Verlag:
Books on Demand GmbH, Norderstedt
ISBN 978-3-8391-8684-8